中原昌也の

悩んでるうちが花なのよ党宣言

人生相談

リトルモア

中原昌也（なかはらまさや）

1970年6月4日生まれのふたご座。一番古い記憶は、4歳の時、原宿幼稚園の庭で指を一本折り、4という数を認識しながら歩いていたこと。幼児期は「モンティ・パイソン」「ウィークエンダー」「世界の料理ショー」などのテレビ番組を見まくった。伯父さんが映画館の支配人だったので5、6歳のころからチケットをもらい日常的に映画を見るようになる。また、SFやブラックユーモア小説にハマる。小学校の卒業文集に寄せた作文のタイトルは「暗い人生劇場」。不幸という事態について考えを巡らせている。

中学生でチノンの8ミリカメラを買って映画を作ったり、高校生のころから音楽をはじめたりするが、10代は総じて暗黒時代の真っ只中であったという。残酷なものや暗いものに惹かれながら、70年代、80年代の娯楽文化を浴びるように吸収した。

90年からアメリカのインディレーベルより「暴力温泉芸者＝Violent Onsen Geisha」名義でアルバムをリリース。ソニック・ユース、ベック、ジョン・スペンサー・ブルース・エクスプロージョンらの来日公演でオープニングアクトに指名されたり、海外公演も重ねるなど高く評価される。97年からユニット名を「Hair Stylistics」に変更。

並行して映画評論も手がけ、処女著作『ソドムの映画市―あるいは、グレートハンティング的（反）批評闘争』は現在も語り継がれる衝撃の書であった。以後も『エーガ界に捧ぐ』『シネコン』など映画に関する著書は多く、その映画評は熱く信頼され続けている。

98年には初の短篇小説集『マリ＆フィフィの虐殺ソングブック』を発表。2001年『あらゆる場所に花束が……』で三島由紀夫賞、06年『名もなき孤児たちの墓』で野間文芸新人賞、08年『中原昌也の作業日誌2004→2007』でBunkamuraドゥマゴ文学賞受賞と、小説の分野でも才能を発揮するものの、一貫して書きたくて書いているのではないという後ろ向きな態度を崩さない。イラストやコラージュなどブラック＆クールな画業にもファンが多く、絵本も刊行した。

音楽活動、執筆活動もろもろ継続中だが生活苦も続いている。

そんな中原昌也が、みなさんの人生の悩みにこたえます。

写真・野村佐紀子

もくじ

「この映画でお悩み解消！」のコーナーは、中原昌也氏の映画セレクトのもと、編集部が解説しました。

今の自分に
満足してる人なんて
いるんですか？
誰ですか？
叶姉妹ですか？

陰口が怖くて飲み会で中座できません

飲み会（四人以上）などの席の途中でトイレに立てません。中座している間に自分の陰口が始まるのではないか、戻ってきたときに会話に参加できないのではないか、と不安になってしまうのです。昔いじめられていた頃に陰口を言われていたシーンを思い出してしまうのです。どうすれば何の憂いもなく飲み会の途中でトイレに行けるでしょうか？（会社員・24歳・男）

盗聴器を置くことです。トイレから帰ってきて、「今の話、ぜんぶ聞いてたぞ」って詰め寄る。その前に、まずは何を言われているか想像することですね。盗聴器の内容が、思ってた以上か以下か。以下だったら、まあよし。以上だったら、毒を盛りましょう。

僕は、もはや陰で何を言われてもどうでもよくなりました。年のせいでしょうね。人の悪口を言うのにも興味がなくなってきた。目の前で意地悪されたらムカつきますけどね。

自分のいないところに世界は存在していないと考えればいいんですよ。自分が死んだら世界は終わる。歴史上の出来事とか、何も信じない。会ったことのない人は実際にはいないんです。会って初めて誕生するわけです。盗聴器を仕掛けることによって、その世界が生まれる。盗聴器が生んだ世界ですよ！ そういう気持ちで生きられれば、盗聴器なんかいらないというわけです。

『カンバセーション…盗聴…』 監督：フランシス・フォード・コッポラ 出演：ジーン・ハックマン、ジョン・カザール／1973年／アメリカ ●盗聴のプロフェッショナル・ハリーは、大企業の取締役から依頼を受け、とあるカップルの会話を盗聴する。普段は決してその内容に好奇心を抱かないハリーだが、依頼主への疑念から録音テープに耳を傾けると、殺人事件をほのめかす会話が……。陰謀に巻き込まれていく孤独な男を描くコッポラの異色作。ハリーからプロの盗聴方法を学びましょう。

食べているところを他人に見られるのが苦痛

人前でご飯を食べるのが恥ずかしくてたまりません。口にモノを運び入れ、もぐもぐと食べる仕草に自分の内にある欲望のすべてが表へ出てしまっているようで、見られたくないのです。好きな女性とのデートでは特に緊張してしまって、恋愛もあまり上手くいきません。（会社員・30代・男）

むかし、知人にいました。弁当を食べてるところを目撃されると、それ以降、口をきいてくれなくなった奴が……。

人間そもそも欲なんて、食べるときだけじゃなくて、生きているあらゆる場面で放出しまくっているもんですよ。幼児期にトラウマになるような出来事があったのかな。それとも、単に恥ずかしがり屋なのかな。リチャード・マティスンの短篇小説にも、人前でものを食べるのがわいせつな世の中を描いたのがありましたよね。

僕にとって恥ずかしい行為って何だろう。子供の頃、お風呂屋に行くのが恥ずかしくてたまらなかったけど、今はなんとも思わなくなりました。おっさんになると、恥ずかしさの意識ってどんどんなくなっちゃうんですよね。

恋愛がうまくいかないのと食べるのが恥ずかしい問題は、関係ないですね。原因をちゃんと突きつめたほうがいいですよ。**すべての人は欲望を表に出して生きている**。息をしてるのもそう。それで何が悪いんだ！　と開き直って生きていくしかないです。

『**最後の晩餐**』監督：マルコ・フェレーリ　出演：マルチェロ・マストロヤンニ、ミシェル・ピッコリ／1973年／フランス、イタリア　●パリの由緒ある大邸宅に、食道楽の趣味で結ばれた四人の中年男が集まった。地下室の美酒、庭に運ばれた牛の頭、猪、小鹿、ホロホロ鳥、羊などの大量の肉、そして女たちも入り乱れ、まさしく酒池肉林、欲望の大狂宴。男たちはいつまでも食べ続け異常性欲はますますエスカレートして……。食欲と色欲はそもそも同根！　開き直ってどっちの欲望も開示していこう。

この映画でお悩み解消

あの人よりはマシ、と思って自分を慰める自分がイヤ

自分より劣っている人を見て安心してしまいます。電車やカフェで居合わせた同世代の女性を見て、その人の服装や容姿がイケてないと、「私の人生はこの人よりマシ」と思うのです。「マシ」と思っていること自体、今の自分に満足していない証拠だと思うのですが、やめられません。その人のことを何も知らないくせに、勝手に見た目で比較し、バカにしたり、自分を棚に上げ、優越感に浸る自分がとてもイヤです。（秘書・29歳・女）

僕は他人から「こいつよりマシ」と思われる立場ですけど、まあべつにいいんじゃないですか？むしろ口に出してどんどん言えばいいと思いますよ。「アンタより私のほうがマシね！」って。そうやって優越感に浸る自分がイヤだと言うけど、劣等感に浸るのはもっとイヤでしょう。こういう思考は、ある意味、生きる術なんですよ。だから仕方がない。今の自分に満足してる

人なんているんですか？　誰ですか？　叶姉妹ですか？　いませんよ、そんな人。普通のことです。**むしろ声に出す勇気のほうが大切。**

そうだ、人を見て優越感に浸ってる自分を第三者に隠し撮りしてもらうといいんじゃないですか。そのドキュメント映像に、自分の心の声のナレーションも付けてみてください。その映像を見たいです。

この映画でお悩み解消

『エレファント・マン』監督：デヴィッド・リンチ　出演：ジョン・ハート、アンソニー・ホプキンス、アン・バンクロフト／1980年／アメリカ、イギリス　●19世紀末のロンドン、生まれながらの特異な容姿から「エレファント・マン」と呼ばれ、人間扱いされなかった実在の人物ジョン・ノリックの数奇な運命を描く。見せ物小屋で自らを晒して生きていた彼は、あるとき外科医の目にとまり、その研究発表をきっかけに一躍時の人となる。好奇や同情の目を向けられながら、彼の望みはただ普通の人間らしく生きることだった……。いつの世も、同情と「あの人より私はマシね！」という気持ちは紙一重。

いつまでも感度ビンビンの十代の心でいたい

年をとるにつれ、感性が鈍くなってしまうのが怖いです。わたしはまだ十代で、大人たちは「今がいちばん多感な時期だよ」とよく言ってきます。今のこの、感激屋かってぐらい感度ビンビンで、何に触れても触れられても、グラグラに揺れ動く心はいつか、枯れ果ててビクともしなくなるのでしょうか？　今から年をとるのが怖いです。いくつになっても、多感でいたい、この願いはどんな努力をすれば叶いますか？（美大生・19歳・女）

ビンビンくるのかぁ。よくわからないけどすごいなあ。まさに感性が鈍くなっている真っ最中の人間が、こんな十九歳に言えることなんてあるんでしょうか。でも多感でありつづけるって、努力をしてどうこうなるものでもないしね。

派手に心が振れたものでも、何度も繰り返し見たり聴いたりしているうちに、同じような強度では感じられなくなるものです。だから、ひとつのことを単にエモーショナルにとらえるだけじゃなくて、**感動を分析的に見る**ようにすることですよ。分析していく中から、またいろんなものを感じ取ることができるし、些細なことからも喜びを見出せるようになるんじゃないでしょうか。そういうシフトチェンジの傾向にあります、僕は。なんか偉そうに言ってしまったけど……。

それか、早く認知症になって何もかも忘れることですよ。そしたら毎回新しい出会いなわけだから、さっきすごいと思ったことがまたすごいと思える。まぁ、フツーそんな状態になったら、感性も鈍化するんでしょうけど。

この映画でお悩み解消

『**ハチミツとクローバー**』監督：高田雅博　出演：櫻井翔、伊勢谷友介、蒼井優／２００６年／日本　●美大に通う多感な男女５人の青春模様。才能の有無に悩み、将来の道も定まらない不安と、切ない恋心を抱えた彼らの日々はまぶしく、甘酸っぱさに満ちている。彼らに感情移入しながら繰り返しこの映画を見れば、大学生気分を維持できるかもしれない。

携帯やネットがつらくて堪りません

携帯やネットがつらいです。公衆電話を探し、待ちぼうけし、本か音楽かセックスだけだった静かな夜がなつかしくて、死にたくなります。かと言って、いまは家庭も築き、仕事柄、携帯やネットを断つわけにはいきません。このつらさを少しでも和らげる方法をおしえてください。（広告業・40代・男）

ポエムですか？ この悩みは。ネット問題は、やらなきゃいいだけだと思いますね。僕も時々嫌になって、突然使わなくなることがあります。代わりに音楽を聴いたり、本を読んだり、気ままに好きなことをすればいい……と答えておきながら、僕もかなり携帯をいじっているほうなんだよなあ。酒を飲んでると、まったく携帯の存在を忘れられたりしますけど。いや、よくいじってるか……。

相談者はきっと優しい人なんでしょうね。嫌だと思いつつも、ほったらかしにはできない。

もういっそ、電波が届かない山に住んだらどうでしょう。自然に囲まれて癒しも得られるしね。オオカミやクマを怖れる毎日でしょうが。

『ダイ・ハード3』監督：ジョン・マクティアナン　出演：ブルース・ウィリス、ジェレミー・アイアンズ、サミュエル・L・ジャクソン／1995年／アメリカ　●世界一ツイていないが不死身の男ジョン・マクレーン刑事の活躍を描くアクション巨編シリーズ第三弾！　冷酷なテロリストがニューヨークの街を巨大なゲーム盤に見立て、あちこちの公衆電話にマクレーン刑事を呼び出し謎かけする。指示された公衆電話を探して次々と走らされたマクレーン刑事も、今ごろ往時を懐かしんでる？

この映画でお悩み解消

積み上がっていくばかりで本が読めない

本が読めません。読みたい本はたくさんあり、あれこれ買いこんでは積んでいるのですが、なかなか手が伸びず、ページをめくっても集中できず、けっきょく目の前の欲望を優先してしまいます。自分の読書欲など、ただの虚栄心なのだ、と自暴になる日々ですが、たくさん本を読んでステキな人になりたいという気持ちに嘘もないのです。どうしたらよいでしょうか。（フリーター・20代・女）

僕だって、持っている本の一〇パーセントも読んでないですよ。もっと少ないかもな。子供の頃から、買ってきてもろくに読まず、積《つ》ん読《どく》がつづいてます。そんな僕でも、こうやって物を書いてるんですよ。人の本を読まないと、書くためのとっかかりがもてないから、自分が本を出すようになってやっと集中して読むようになりました。でもノイローゼになって落ち込んでいるときは、本も映画も観ない、音楽も聞かないなぁ。だいたいが、楽しいだの、悲しいだの、何

らかの気分を押しつけようとするから。でもバッハの音楽だけは、何も押しつけないから良い。

本を読まないことが、必ずしも悪いことではないと思います。本を買い込むと、当然その置き場が必要ですから、部屋は雑然とするし、いっぱいありすぎるとどれから手をつければいいかわからなくなる。

でも、本って部屋に置いてあるだけでうれしくなるのも事実。逆に本が置いてない部屋に行くとゾッとしますよ。その人の内面が見えないから。しかし、いい女の部屋には本がない、ということもあるんだよな……。とにかく、電子書籍と違って、**本は外から眺めるだけでも意味がある**。心が豊かになる。それが本の良いところです。べつに読みたい本を買ってきて、積んでおくだけでもいいじゃないですか。壁の絵や花びんの花と同じですよ。

この映画でお悩み解消

『**読書する女**』監督：ミシェル・ドヴィル　出演：ミュウ＝ミュウ、マリア・カザレス、クリスチャン・リュッシュ／1988年／フランス　●彼女の仕事は人に本を読んであげること。モーパッサン、デュラス、サド、トルストイ……。半身不随の青年や、独り者の中年社長、『不思議の国のアリス』から飛び出してきたような少女といった癖のある相手にあわせてロマンチックに官能的に、本を読む女の物語。誰かの欲望をくすぐる道具になるかも！　と思えば読書もすすむ？

いつも荷物が多い自分。どうしたら減らせますか？

貧乏性なのか、持ち歩く荷物が多くなりがちです。カバンも買い替えるたびに、大きくなっていきます。特に旅行のときなど、もっとスッキリさせたいのですが、どうにも荷物を削れません。思えば自宅も事務所もモノで溢れています。この持ち過ぎる傾向、なんとかなりませんでしょうか？（メーカー営業・30代・男）

これはいかんともしがたい。僕も解決したいです。何も持たない生き方に憧れるし、断捨離は大いに羨ましい。収納のワザがすごいって人も尊敬する。最近、荷物があまりにも多くて肩が凝るようになりました……。

僕も自宅には物があふれています。音楽や映画のディスクは、単にABC順じゃなくて、同じアーティストや監督ごとに並べています。作品と作品の間が抜けて、あるはずのものが見当たらないと、イライラする。

この時代、ネットがあれば済むという考えもあるけど、そうもいかないです。自分も物を作る人間だから、ちょっとは現物を買って市場を動かさないと、みんな何もできなくなっちゃいますよ。レコードも、むやみやたらに売ってしまうと、DJを頼まれたときに苦労するし。断捨離するには、家が火事になるしかないかも。

とはいえ、**昔は物欲の鬼みたいに言われた僕**も、年をとって、欲が徐々に薄れつつあります。苦労して買った映画のDVDが、人に貸したまま返ってこなくてもどうでもいいと思えるようになった。そんなこだわりはくだらないんだなって悟って、売れるものは全部売ったんですよ。すべて揃ってる状況が異常！　必要なものが常にあるなんてありえないんだ、と思いましょう。

『**カールじいさんの空飛ぶ家**』監督：ピート・ドクター／2009年／アメリカ　●カールじいさんは最愛の妻を亡くしてから家に引きこもり、ひっそり暮らしていた。あるとき家の周辺が開発地区に指定され、立ち退きを命じられる。じいさんは妻との約束の地・伝説の滝「パラダイス・フォール」へ向かおうと決意する。旅の荷物はとても大きかった。大切な思い出の詰まった家に無数の風船をつけ、大空に飛び立とうというのだ。荷物に自分を運んでもらうといった、逆転の発想が大事!?

この映画でお悩み解消

会話やメールの文章が横文字だらけで辟易

自分より若い人と仕事をする機会が多いのですが、最近、会話やメールでわからない言葉が多く困っています。たとえば、ブラッシュアップ、リスケ、ポテンシャル、モチベーション、コンプライアンス、インシデントなどなどキリがありません。一文に二つ入っていると、困るというよりイラッとします。私は、向上心をもって新しい言葉と出合えばそれを調べ（しかし何回調べてもすぐ忘れてしまうのです）、現代の社会人としてたしなむべき横文字を使いこなす人間になるべきなのか、日本人なんだから日本語使え！　と隠居じじいのような態度をとるべきなのでしょうか。（出版社勤務・51歳・女）

僕はできるだけ、長い横文字を使いたいタチです。原稿が埋まるから。意味を考えるからいけないんですよ。意味がわかんなくても使えって感じです。

たとえば西部邁さんの原稿とか、やたらとフランス語が出てきます。自分が思っている言葉が違う言葉に変換されて使われたりすることって、すごく重要じゃないですか。言葉を切り替えていく感じがある。そういうときこそ、ちゃんと書物を読んでいるって実感しますよ。考えが深くなるっていうか。

まぁしかし、最近は安易に英語に置き換えちゃったりして、薄っぺらく使っている人が多いのも事実でしょう。**でも僕は、そういう言葉の薄っぺらさが好きだ。**薄っぺらさを楽しみましょうよ。日本語使えと思う人もいるでしょうけど、僕はとにかく、文字数が稼げるのがいいですね。

『ミラクル・ワールド／ブッシュマン』監督：ジャミー・ユイス　出演：ニカウ、カボ、サンドラ・プリンスロー／1981年／南アフリカ　●アフリカ・カラハリ砂漠に住む、地球最古の人類「ブッシュマン」。空を飛ぶ大きな鳥（白人が操縦する自家用機）から落ちてきたコーラの瓶を巡ってブッシュマンの村は大騒ぎ。それを拾った男（ニカウさん）が「世界の涯て」に捨てに行くこととなる。横文字無しの日本語原理主義生活を貫いたほうが、ニカウさんみたいに幸せでいられるかも。

落ち込んだらどうする?

落ち込んだとき、回復するためにする定番の方法はありますか?

（サウナ従業員・42歳・男）

むかし強烈に落ち込んだとき、サウナに入って体は超スッキリなのに、気持ちは沈んだままってことがあったなぁ。この人こそ職場なんだから、サウナに入ればいいじゃないですか。入り放題でしょう。

僕は厄年を過ぎたあたりからすっかり落ち込まなくなりましたよ。鈍化しただけですけどね。落ち込んでたことさえすぐに忘れる。昔は散々な目に遭ってとことん落ち込んで、安定剤とジャック・ダニエルをがぶ飲みしたこともありましたけど、何も解決しなかったな。**酒や薬に頼るのが一番ダメだ。**バンジョーとかカズーなんかが入った思いっきりはしゃいでる音楽を聞いたりもしましたね。**ピーピケピーピケピッピッピ～♪**　みたいなのを爆音で聴くんですよ。もう真面目に考えるのがバカバカしくなって考えるに値することなんかなんにもない！　と思い込もうとしてました。それからバッハを聴く。落ち込みが回復するわけじゃないんです。気分が落ち込むとか上がるとかって、パターンでしかないと思えるようになる。バッハは深い悲しみも喜びも何も表してないから。音の起伏はただの模様でしかないと思えて、気持ちをフラットにしてくれるんです。僕はずいぶんバッハに救われたかもしれません。

『**暗い日曜日**』監督：ロルフ・シューベル　出演：エリカ・マロジャーン、ステファノ・ディオニジ／1999年／ドイツ、ハンガリー●「自殺の聖歌」と言われたシャンソン「暗い日曜日」。1930年代、この曲を聴きながら実際に自死する人が続出した。映画は、ナチス占領下のブダペストを舞台に、この曲をめぐる二人の男と一人の女の激しく切ない愛を描く。落ち込んでいるときには、間違ってもこの曲は聴かないように。映画も見ないほうがいいかもしれません。

この映画でお悩み解消

自分が
受け入れられるか
どうかなんて
考えてもムダ！

相手に合わせてしまい、自分の意見が言えません

「NO」と言えません。というか、自分の意見が言えません。仕事でもプライベートでもそうです。相手と違う意見を持っていると思われるのも嫌だし、そもそも自分の考えすら無いことも多く、相手の出方を待ってから、「私もそう思う」と同調してしまいます。さすがに友人や家族に対しては違いますが、上司や恋人にはいつだってそうなのです。あまりにも「NOと言えない日本人」なので、相手をイライラさせているのでは、と心配になります。（芸能関係・33歳・女）

友人と家族にはどれだけデカい態度なのか知りたいですね。どんだけNOを叩きつけてるのか。言えるところでは言えてるんじゃないですか。誰だってそんなもんじゃないですかね。YESかNOかなんて、二つしかないわけだから、豊かさがないですよね。だいたいNOって言うのと、意見を言うのは違いますし。自分の意見といったって、そもそもホンモノの自分の意

見なんて無いですよ。どんな人の考えも所詮他人が考えたことをコピーして、あたかも自分がそう考えたって思いこんでるに過ぎない。意見なんて結局、いかにデカい声を出すかでしょ？声がデカい奴が、自分が考えた正しい意見だって言い張っているにすぎない。

同調してしまう自分に対して嫌気がさしてる？　いいじゃないですか、わざわざ孤立することもない。そんなの面倒くさいだけですよ。一人だけ違う意見を言って揉めるのも面倒くさいでしょ。声がデカい奴らが勝手にやっときゃいいですよ。世の中そんなもんです。

デカい声が出せるように練習をしてください。「私もそう思う！」ってデカい声で最初に言えばいい。先手必勝です。

この映画でお悩み解消

『SF／ボディ・スナッチャー』監督：フィリップ・カウフマン　出演：ドナルド・サザーランド、ブルック・アダムス、レナード・ニモイ／1978年／アメリカ ●街は宇宙人に侵略され、さやに包まれたネチョネチョと不気味な物体が次々と生成される。それは複製された人間だった……無感情な複製人間のほうが悩みもなく幸福だと言う侵略者に同調せず人間性を保つべく逃げる主人公＝ドナルド・サザーランドがデカい声で叫ぶラストが衝撃的。

大勢の前で話すのが苦手です

人前で話をするのが苦手です。何人か人がいるとタイミングを逃して意見が言えなかったり、話の輪に入れなかったりします。マイクを持って話すような場面は何よりも嫌です。普段の生活でも、仕事の打ち合わせや、プレゼンや、飲みの席などではこの性格が原因でチャンスを逃している気がします。どうしたらたくさん人がいてもちゃんと話せるようになるでしょうか。（イベント業・26歳・女）

この人の言う「チャンス」っていったい何なんでしょう。大きな仕事をもらったりとか、出会いとかですか？　人前で喋れたからといって、良いことなんて何もないです。結婚式の司会とか頼まれてタダ働きさせられるだけですよ。話の輪に入るのが苦手だっていいじゃないですか。何が問題なんですか？

大勢のなかで自分の意見を言いたいなら手を挙げればいいんです。ハイハイハイ！　って。

ドラスティックなことで輪に入るしかないですね。自分が受け入れられるかどうかなんて考えてもムダ。大勢がいるところに猛ダッシュで入っていって、人にバーンとぶつかる。「アンタ誰!?」と言われて自己紹介から始めれば、スッと入れるでしょう。とにかく、声がデカいことです。発声練習が大事。顔も常人より異様にデカかったらなおよしですね。それとも無意味に舌打ちばっかりするとかね。チッとしか言わない。舌打ちの練習をしてください。それで、「なにが不満なの?」って聞かれたら意見を言えばいいんですよ。まず注目させて、存在感をアピールする。**図々しくなれということです。**

しかしこういう人がなんでイベント業に就いたのか。文章を書くのが苦手なのに、こんな仕事をしてる自分としては、同情します。

この映画でお悩み解消

『**チャンス**』監督：ハル・アシュビー　出演：ピーター・セラーズ、シャーリー・マクレーン、メルヴィン・ダグラス／1979年／アメリカ　●主人公の名前は「チャンス」。古い屋敷の住み込みの庭師だった彼が、主人の死をきっかけに追い出され、数十年ぶりに出歩いた慣れない町で車にぶつかる。運転席から飛び出してきたのは美しい貴婦人。家に行くと、そこは経済界の大物の大邸宅！　出世してついには大統領に祭り上げられることに。相談者はまず名前を変えてみる？

自分から他人にアプローチできません

美容院などに予約の電話をかけられない、買い物に出かけ商品が見つからないときお店の人に質問できない、友だちを飲みに誘う電話をかけられない、などなど、自分から他人にアプローチするのがものすごく苦手です。このままでは将来めちゃくちゃ孤独な老人になりそうでこわいです。ひとまず、友達ぐらいは誘えるようになりたいのですが、いざ受話器を握りしめると、緊張してもうダメです。(大学講師・34歳・女)

まず美容院で、予約しないがために長時間待たされたり門前払いになるという経験を何度も積めば、必然的に予約をするようになるんじゃないですか。

また、老人になる前に孤独に慣れ親しんでおけば、孤独に耐えるのも怖くなくなると思います。**他人で孤独を紛らわそうとするからいけない。**人に紛れれば紛れるほど、自分の孤独が浮き彫りになってくるわけですから。

人を誘うには、まず自分がぐでんぐでんに酔っぱらう。そうしたら、誰彼かまわず電話できるでしょう。僕も飲んでからだと人を誘えます。

『バーバー』 監督：ジョエル・コーエン、イーサン・コーエン　出演：ビリー・ボブ・ソーントン、フランシス・マクドーマンド／2001年／アメリカ　●片田舎の床屋で働くエド・クレインは、妻が勤め先の上司と浮気していることを知り、脅迫状を送って一万ドルを手にする。しかし事はうまく運ばずエドは男を殺すが、逮捕されたのは妻のほうで妻は自殺。失意のなかピアノが好きな美しい娘に心の安らぎを求めるも、出来心がアダとなり、真相もバレ、死刑宣告を受ける。美容室や床屋には、こんな数奇な人生を歩んだ人がいるかもしれないので、積極的に予約をとって話しかけましょう。

この映画でお悩み解消

人を責め、自分も責めて自己嫌悪の繰り返し

人を断罪する癖があります。けれど、その人のよいところも好きになってしまいます。また、自分自身のことを、激しく否定する癖もあります。他人も自分も断罪して、自己嫌悪。好きになって、また断罪し、自己嫌悪……。もう疲れました。もっと穏やかな境地で生きたいです。（映画会社勤務・30代・女）

この人、飲み屋とかで一人うじうじ、こういうこと考えてるのかな。それとも他人に面と向かって「断罪する！」とか言うんですかね？　喧嘩っ早い人なんだろうなぁ。喧嘩しないと分かりあえないって思考の人かな。そりゃあ疲れるわな。

人間は、断罪しちゃいかんですよ。裁判官じゃないんだから。何事についても良いか悪いかを気にしすぎてる。紙に「良い」と「悪い」を文字で書いて、ゲシュタルトが崩壊するまで眺めていればいい。そうしたら最初っから断罪しなくて済む。とにかくいったん考えることを放棄

したらいいんじゃないでしょうか。**良いところも、悪いところもあって、人間。**その曖昧さを愛するしかないですね。

『**最後の誘惑**』監督：マーティン・スコセッシ　出演：ウィレム・デフォー、ハーヴェイ・カイテル、ヴァーナ・ブルーム／1988年／アメリカ　●イエスを人間としてとらえ、肉体と精神の苦悩をドラマチックに描くスコセッシの斬新な試みが話題になった一本。断罪されたイエスが磔にされ処刑される姿は痛々しく見ていてつらくなります……。

この映画で
お悩み解消

宗教にハマった友人に勧誘され続けています

学生時代からの友人が宗教にハマりました。二人で会っている間はずーっと勧誘されます。いくら断っても、話を変えても宗教の話に戻され、その上さりげなく「だからお前は駄目なんだ」ということを説かれ続けてもううんざりです。共通の友人もほぼ全員勧誘されているようです。大人数で会うときは何も言わないので集まりには誘いますが、なんだか悲しいような腹がたつような、嫌な気持ちになります。これからこの友人とどうやって付き合っていけば良いでしょうか。（会社員・30代・男）

なんで人は宗教にハマるんですかね。「信じる者しか救わない」とか、神様がそんな狭い精神だと思うとがっかりしませんか？　僕なりの宗教観を語るとですね、神ってのはまぁ万が一存在するのかもしれません。ですが、我々のような凡人では理解できないような形で存在して

いるので、いくら考えても無意味だと思うんです。同じ次元に住んでないから触れ合うこともない。

カーティス・メイフィールドの歌にもあります。**ジーザスはいるけど、べつになんもしない。自分がどうにかするしかねぇんだ**って。良い歌なんです。

大勢で会うときは何も言わないってのはずるいですね。カーティスを聞きながら、次にみんなで会う時には絶対宗教の話をしようって作戦を立てて、論破してやればいいと思います。

『ラブ・キャンプ／情欲人民寺院の淫業』 監督：クリスチャン・アンダース 出演：ラウラ・ジェムサー、ガブリエル・ティンティ／1980年／西ドイツ、ギリシャ ●「黒いエマニエル」として人気を博したラウラ・ジェムサー率いるカルト集団を描いた怪作。特定の異性とだけセックスすることを禁じるのがこの集団の規則で、とにかく全裸&絡みシーンのオンパレード。不謹慎にも70年代後半に実際に起きたガイアナ人民寺院集団自殺を題材にしたという。宗教もいろいろ。ご友人がハマっている宗教の教祖がどんな人間か、全裸推進派なのかは確認しておきましょう。

この映画でお悩み解消

スッピンのほうが
可愛いのに、
きみ。

毛の問題

もともと髪の少ない体質でしたが、朝の枕元に残る髪の毛が多く、いよいよどうしようもなくなってきました。あと五年踏ん張れれば、それから先は「はげている自分」に向き合っていこうと思います。むこう五年間の踏ん張り方を教えてください。（メーカー勤務・30代・男）

もう剃りましょう。少ないのはよくない。**髪の毛はゼロか一〇〇じゃなきゃ！** なんで「踏ん張らなきゃ」なんて思うんだろう。僕は髪の毛で悩んだことがない（最近まで）から、この人の気持ちがわからないのかもしれません。おでこが広いから「ハゲてる！」とはよく言われるけどハゲてないです。あ、でも、ちょっとは薄くなってきたかも。今もしハゲてきたら、俺はどうするんだろう。ごまかしたりしちゃう気がしてきました。ハゲでもカッコよく見える髪型にすればいいか。ニコラス・ケイジやブルース・ウィリスやジョン・キューザックみたいに。いや、

自分の顔は鏡で見ないようにしてるから、やっぱり放置ですね。四十を過ぎて自分と向き合おうなんてまったく思いません。この人もそんなにマジメに向き合わなくてもいいと思いますよ。

『フローズン・グラウンド』　監督：スコット・ウォーカー　出演：ニコラス・ケイジ、ジョン・キューザック／2013年／アメリカ　●アラスカ・アンカレッジで20人以上の女性を残虐に殺害した猟奇殺人犯（ジョン・キューザック）と、その逮捕に執念を燃やす退職間近のベテラン巡査部長（ニコラス・ケイジ）の息詰まる攻防を描く。同じく二人が主演の『コン・エアー』も併せて観てみよう。薄毛万歳！　という気分になれる。

この映画でお悩み解消

肌は女の命。非美肌な私、どうしたらいいですか

思春期のニキビにはじまり、二十歳を過ぎても、顔全体の吹き出物が治りません。市販の洗顔料、皮膚科、肌にいい食べ物、規則正しい生活、高価な水、いろいろと試しました。性格が悪くても、ブスでも、太っていても、病気でも、人殺しでも、チャーミングな女性はチャーミングだし、それがどんな人生であれ、自分の人生のヒロインになれると思う。けれど、肌がきたない女は無理。こんなだから、暗い性格で、もちろん男の人とつき合ったこともありません。肌がきれいになりたい。私、どうしたらいいですか。（アルバイト・26歳・女）

「どんな人生であれ、自分の人生のヒロインに」って、なんですか？　あまりにもキラキラしつつ、ざっくりしすぎてる……そもそも病気の人は肌つやつやしてないし、なんですか「人殺し」って。自分のことを「暗い性格」と言ってますけど、自分の人生のヒロインとか、暗い人が考え

たりするかなあ。むしろキラキラした自分を内に秘めてる人なんですね。

最近目が悪くなったから、人の肌とかあんまり気にしなくなりました。自分の顔は見えないんだから、開き直りましょうよ。じゃなきゃお面でもかぶれよ！　って言いたいですね。そうしたら目立ちます。目立つだけでヒロインにはなれないけどね。ただの変わった人。

肌がきれいでスッピンのほうが可愛い子でも、たいてい化粧しますよね。女の人ってそのへんが謎です。「スッピンのほうが可愛いのに、きみ」とか言ったりしますよ、僕は。**なぜか化粧が濃い女が好きそうとか言われますけど、全然違います。**化粧が厚い人、すさまじい化粧してる人、嫌です。田舎っぺみたいな、ほっぺが真っ赤っかな人とか。

病院には行ったんですかね。皮膚科に行ってもダメなのかなあ。あとは整形するか、目が悪い人と付き合うしかないですね。肌理とかが見えない人ね。それしかないですよ。どんだけ汚いんでしょうね。むしろ興味深いなあ。

『溶解人間』　監督：ウィリアム・サックス　出演：アレックス・レバー、バー・デベニング／1977年／アメリカ　●土星探査から帰還した宇宙飛行士スティーヴは、宇宙線の影響で体が溶け始める。彼は人間の細胞を求める恐怖の溶解人間に変貌していた。人々を襲って喰うと、彼はどんどん溶けて強くなるのだった……。『スター・ウォーズ』や『狼男アメリカン』等を手がけたリック・ベイカーの凄絶な特殊メイクが見どころ。究極に肌がきたない男もまた、映画の主人公にはなれる。

この映画で
お悩み解消

できるものなら、
週3くらいのバイトで
生きていきたいです。

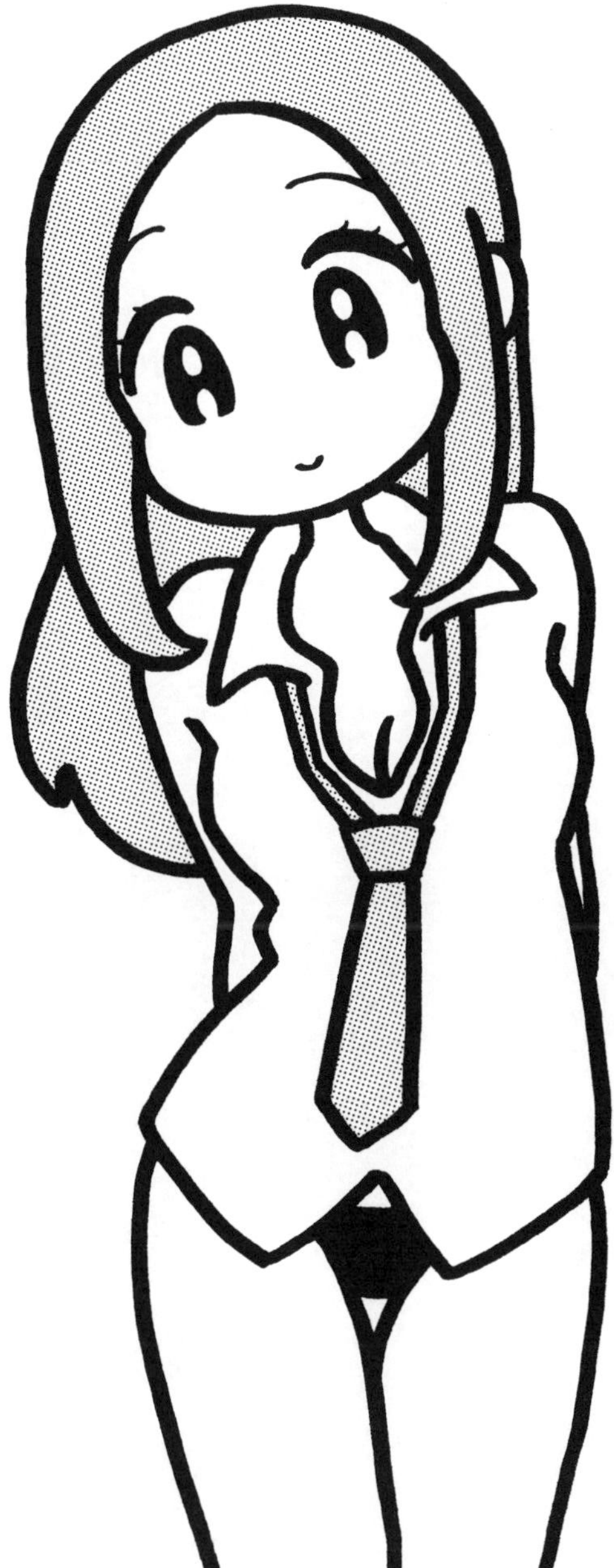

まじめすぎる子タレが重い

テレビの制作会社でADをしています。こども向けの番組を担当してるのですが、仕事とはいえ、こどもタレントに一生懸命敬語で話されると、少し胸が痛くなります。せめて下っ端の私だけにはリラックスして話して欲しいと思います。また、ある子役くんは番組収録のはじめと終わりに必ず土下座をします。床に頭がつくんじゃないかと心配になるくらい深くお辞儀する子もいますが、彼は別格です。こどもタレント全員の敬語を取ることは無理でも、せめて彼の土下座だけはやめさせたいです。（AD・20代・男）

面白いからさせとけばいいんじゃないですか？　**土下座大賛成ですよ。**そのこどもタレントは好きでやってるんでしょ。やめさせて、そいつが馴れ馴れしくなるのもむかつきますよ、きっと。

土下座も演技のひとつなんでしょう。やがて「水戸黄門」に出るつもりなんじゃないですか。いつかそういうバカバカしい家畜みたいなことをしなくなる日が来ます。それを信じて受け入れましょう。

『ザ・チャイルド』 監督：ナルシソ・イバニエス・セラドール　出演：ルイス・フィアンダー、プルネラ・ランサム、アントニオ・ランソ／1976年／スペイン　●とある島に観光に来た夫婦。気づけばそこに大人の姿がない……子供たちが突然、無差別に大人を殺し始めるというスペイン製の恐怖映画。原題は「誰が子供を殺せるのか？」。相手が子供故に反撃すら出来ない大人たちの悲惨な末路を見たら、子供だからといって油断は大敵、土下座くらいさせておこうと思える一本。

彫り師の祖父の跡目は御免

漫画家を目指していて、持ち込み原稿を描いては、自分の好きな雑誌社に電話をかけています。絵を好きになったのは、祖父が彫り師を生業にしていたことも影響していると思います。じいちゃんもお客さんも、昔から俺のことを可愛がってくれて、感謝もしています。ただ、継ぐ気は一切ありません。お客さんとはいえ、ヤクザと関わるのは怖いし……。でも現在、跡目候補は俺しかいません。年々、重圧が強まっています。何か逃げ切る術はありませんか。（フリーター・20代・男）

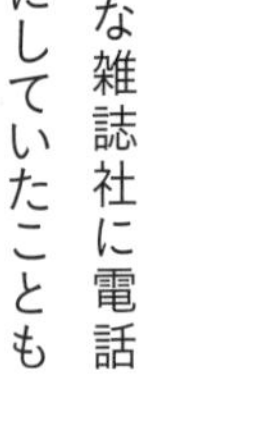

確かにヤクザにチクチク針を刺すのは嫌ですよね。キレられることはたぶんないんだろうけど……。

漫画はあきらめて、警察官になるってどうですか？　または、漫画をやめたくないなら、**ヤクザの背中に四コマ漫画**を描いたらどうでしょう。

『セーラー服と機関銃』 監督：相米慎二　出演：薬師丸ひろ子、渡瀬恒彦、風祭ゆき／1981年／日本　●4人しか子分のいない小さなヤクザ・目高組の親分が、跡目は血縁者にと遺言を残して死んだ。当てにしていた血縁者も同じころ車に轢かれて死んだ。その娘が女子高生の星泉（薬師丸ひろ子）。黒いスーツを着こんだ男たちが校門の前に現れ、目高組四代目組長を襲名してほしいと懇願する……。「跡目候補が俺しかいない」という星泉と同じ状況を誇りとし、じいちゃんへの恩返しのつもりで運命を受け入れればいつかヤクザの背中に針を刺すことが「カ・イ・カ・ン」に変わるはずです。

会社の飲み会が苦痛です

四月から就職する企業が決定し、現在、研修を受けているところです。研修はいいのですが、終わった後の上司との飲み会が苦痛で仕方ありません。私は元々お酒が苦手で、大学在学中もあまり飲み会に参加していないので、飲み会でのマナーや気配りがイマイチよくわかっていません。飲み会は私にとってはただの苦痛なのです。断るにはどうしたらいいのでしょうか？　それとも、やはり断らずに無理してでも行くべきなのでしょうか？（大学生・22歳・女）

すごく嫌なつまんない言い方をすると、**飲めない人はダメな人**って僕は確かに思っているんですよね。体質ならしょうがないですけど、それでもウーロン茶とか飲んで参加することもできる。無理してでも、仕事だと思って行かなきゃダメです。お金は出ないし、むしろ出費はかさむかもしれないけどさ。ハラを割る、とまではいかないけど、仕事から離れてリラック

スして仲間と接するのは重要なんじゃないですか。
　この相談者みたいなことを言う人は、自分の中に確固たる「自分」ってモノがあると思い込んでいて、そこからはみ出るのが嫌な人なんですよね。飲み会への参加も、はみ出すことも、嫌ならしかたない。守りに入ればいいですよ。ただ、こういうこと言ってるんなら一人でいることに強くなんなきゃダメです。相談してる場合じゃない、気を遣わず断りゃいいだけの話でしょ。

この映画でお悩み解消

『酒とバラの日々』 監督：ブレイク・エドワーズ　出演：ジャック・レモン、リー・レミック／1962年／アメリカ　●宣伝会社に勤めるジョーと美しい秘書のカーステンはロマンチックな恋愛を経て結婚へ。だが、激務や淋しさから二人は次第に酒に溺れ生活は破綻する。アルコール依存症に陥る夫婦の姿はシリアスで、やっぱり酒など飲むもんじゃないと思うだろう。しかしヘンリー・マンシーニの切ないメロディを聴けば、グラスを傾けたくなるのもまた事実。

あらゆることにやる気が起きません

仕事だけでなく、家事や雑事もまったくやる気が起きず、ただただ棚上げにしてしまいます。子供の頃から怠け者だったのが年々ひどくなってきたという感じで、もうかなりヤバイ状況です。どうにかこうにか仕事に着手しさえすれば完遂することはできるので、何とか生きていられていますが、最初の「やる気スイッチ」が入るまでの時間が年々長くなってきていて悩んでいます。中原さんはやる気スイッチの入れ方のコツみたいなものはお持ちですか？（自由業・50歳・男）

こっちが聞きたいですよ！　やる気スイッチなんてそんなもの、人間にあるわけないじゃないですか。

僕の場合はやる気を出すんじゃなくて、なし崩し的にやるしか無い状況を作り上げる。

まずはとにかくあり金を全部遣い果たして、仕方なく仕事をせざるを得ない状況に自分を追い込むんです。否、遣い果たすだけでは不充分で、**借金をするところまでいかないと仕事はできない**、とも言えます。僕はこのやり方で連載の仕事をこなしている。あんまり成功しないですけどね。でももう、僕にはそれくらいしか方法が無いんです。書く仕事にまったく興味がないので。

『リストラ・マン』 監督：マイク・ジャッジ　出演：ロン・リヴィングストン、ジェニファー・アニストン／1998年／アメリカ　●大手のコンピュータ会社で働くピーターは、超多忙なうえ横暴な上司や無茶苦茶な社員に囲まれてストレスで爆発寸前。見かねた恋人が催眠療法を受けさせるが治療中に療法士が急死して、催眠術にかかったまま生きることに。催眠術で強気になったピーターは、これまで我慢していたこともやりたい放題でダメ社員生活を謳歌。しかしなぜか昇給話が舞い込んで……。あるかどうかも分からない「やる気スイッチ」を探すより、催眠術をかけてもらったほうが早いかも！

この映画でお悩み解消

楽な道をさがしています

名門といわれる大学を出て社会人一年目ですが、すでに社内ニートです。会社組織で働きたくないけど、生活の安定はほしい。フリーランスで何かやりながら、週三ぐらいのカフェバイトで生活できねーかなーと思いながら、日々が過ぎていきます。何か道はありますか？（営業職・23歳・女）

社内ニートって、給料は出てるけど仕事しないでフラフラしてるってこと？　いいですねぇ、羨ましい。代わってほしいですよ。フリーランスで何かやりながら？　「何か」って、この人だいたい何が出来るんだろう。フリーなんて辛いだけですよ。現状がわかってない。余裕こいてるなこいつ。僕だってできるものなら週三くらいのバイトで生きていきたいです。

私利が過ぎてますね。なに言ってんだお前、残念ながら道なんかねえよ、としか言いようがないです。

『グリード』 監督：エリッヒ・フォン・シュトロハイム　出演：ギブソン・ゴーランド、ザス・ピッツ、ジーン・ハーショルト／1924年／アメリカ　●呪われた映画監督シュトロハイムの狂気の傑作。GREED＝貪欲の名のとおり、登場人物すべてが人間の本能を露わにし、強欲にまみれ、救いがない。凄まじいリアリズムに目を覆いたくなる場面多数。ラストの死闘は、実際にデス・ヴァレーで撮影され、過酷なあまり死者まで出たという。「働かないで金を得るということは、この映画の人たちのように強欲になって人からあらゆるものを奪うことなんだってこと、わかってるのかなぁ」と中原氏。

ヘンな同僚に困っています

同僚の女の子のことで困っています。私の勤めている貸し衣装サロンは受付の奥に「事務作業スペース」、さらにその奥に「衣裳部屋」という造りになっています。従業員の休憩スペースが無いので、事務作業スペースで軽食をとったりしています。忙しいときはご飯を食べる時間もなく、おやつをつまむのが精一杯。私や先輩は、手が汚れずさっと食べられるアメやチョコレート等を選んでいますが、一人だけ必ずポテトチップを食べる同僚がいます。そのことを先輩にチクリと言われてから、彼女なりに気を遣ってなのか箸で食べるようになりました。ただ、衣装合わせをしているお客様には丸見えで、接客している私から見てもかなり滑稽です。「やめなよ」と言ってもわかってくれません。どう言ったら彼女を説得できますか？（会社員・20代・女）

東北沢に、喫茶店のような、スナックのような店があって、そこの名物はごはんに粉々にしたのりしお味のポテチがかかっているカレーライスだったんです。だから、この人にも、ふりかけにして、ご飯にかけて食べるのをすすめたらいいんじゃないですか？　それなら、箸をつかっていてもおかしくないし、手も汚れない。あるいは、ポテチを食べたくなくさせる。大量のかさぶたを混入するのはどうでしょう。

ただ、べつに箸でポテチを食べちゃいけないっていう法律も無いわけです。滑稽なのがなんでいけないのかもよくわからない。面白くていいじゃないですか。なにか害があることだったらやめろって僕も言うけど、**変なことしてるだけの人にやめろって言う理由はないのでは？**僕はそういうの嫌ですね。常識の問題とするならば、例えば、電車で携帯いじっているだけで怒ってるジジイとかババアがいるけど、いじっているほうが多いなら、そっちが常識なんじゃないんですか？　同調圧力みたいなもので整えられていく世界は嫌なものですよ。

『聖者たちの食卓』　監督：フィリップ・ヴィチュス、ヴァレリー・ベルト／2011年／ベルギー　●インドのシク教総本山ハリマンディル・サーヒブ（黄金寺院）では、毎日10万食のカレーが作られ、巡礼者や旅行者のために無料で提供されている。その驚くべき舞台裏を映し出したドキュメンタリー。10万人が平等に同じ場所で同じ釜のメシを食べることの神聖さ。相談者の貸衣装サロンでも、スタッフもお客様も、皆さん一緒にポテチをつまめば事は丸く収まるかもしれません。

この映画でお悩み解消

MMK（モテテモテテコマル）

女友達に言うと、「贅沢な！」と一蹴されてしまいますが、自分の思っている以上にモテてしまうことが悩みです。そのせいで、職が安定しません。長くても平均一、二年おきに職探しをしています。すべてが男女関係で辞めざるを得ません。前職は個人のデザイン事務所でＷＥＢ系のデザインアシスタントをしていましたが、やっと仕事に慣れ始めた数ヵ月後に、社長に男女の仲を強要されそうになり、辞めました。デザイナーの夢はあきらめたくありません。でも、このままではアシスタント止まりです。私は、ただ働きたいだけなんです！（フリーター・27歳・女）

この人はポテチを箸で食べたり、とにかく土下座しまくったりしたらいいんじゃないですかね？　モテない工夫をするんです。**常にほっかむりしてるのはどうでしょう。**合わせて、もんぺも履いたらいいんじゃないですか？　まわりに迷惑もかからないし。

しかし、デザイン会社の社長はどこもエロ親父なんですかね。この人が引き当てちゃうのかな。女社長の会社を探すのはどうかな。今度はレズビアンだったりしてね。

どうやらどの会社もきっぱり辞められて、引き止められていないようですが、辞めてほしくない、と思われるような才能を突然発揮すると効果的かもしれません。

この映画でお悩み解消

『**女は二度生まれる**』監督：川島雄三　出演：若尾文子、藤巻潤、フランキー堺／1961年／日本　●本能のまま男相手の商売を続ける芸者の小えん（若尾）は一方で、道々出会う大学生にときめく。売春がばれて置屋は営業停止、銀座のホステスに転職するが、芸者時代に出会った男と再会して愛人生活。しかし男は病に倒れ亡くなって、独り身に。のちに昔ときめいた大学生と再会、第二の人生の幸福を知る。相談者は、せっかくモテる女として生まれたのだから、まずは女としての人生を謳歌し、二度目に人間として、仕事人として生きてみては。

偉くなる女はみんなおじさんみたい!

女の人が社会的に偉くなるとどうしておじさんみたいに見えるのでしょうか？中にはおじさんよりもおじさんぽいパワハラ、政治的な駆け引きの嫌らしさをふるう女も居てげんなりです。私から見て女性的な魅力を残している女の人は、やはりイマイチ出世しきれません。でも実権と営業力を持つには偉くならないと難しいですよね。男の人は偉くなってもいい男って多いですよね。この違いって何なんですか？　ちなみに中原さんはこの女の人は本当に偉いなぁ、と感じたことはありますか？（会社員・36歳・女）

これまた難しいなぁ。要するに日本では、男性的野心をもたないと社会的に偉くなれないということでしょうか。僕はあんまり偉い知り合いがいないからなぁ。でも、いわゆる「女」を使って出世する人を軽蔑するかっていうと、そんなこともなくて。そうしなきゃ出世でき

ない社会は間違っているとは思うけど、実際そんな世の中でしかない。

組織の中の偉い人でも野心を感じさせない人は良いなぁ。野心が無い人は男女関係なく偉い人だし尊敬できる。孤独から培った何かがその人の魅力に反映していると思いたいですね。

まあしかし**女の人は総じて偉い**と思いますよ。ヨイショみたいに聞こえるかもしれないけど。あらゆる場面でもっと女の人が上位に立ってほしい。女性的な思考でしか世の中は良くなりえないと思います。金井美恵子さんがむかし、男性作家がすべからく持ってる野心みたいなものとは逆のことをやろうと思っているって言ってたけど、すごく良い話だなぁ。男性的な野心に満ちている奴とか、他人からいろいろ搾取して、世の中のシステムってこういうもんだとか開き直ってる奴はほんとに死ねばいいと思いますね。男女関係なくそう思います。


『**マーガレット・サッチャー　鉄の女の涙**』監督：フィリダ・ロイド　出演：メリル・ストリープ、ジム・ブロードベント／2011年／イギリス　●男勝りの決断力とリーダーシップで「鉄の女」と言われた英国初の女性首相マーガレット・サッチャーの人生を描く。多くの人が栄光の影にあった挫折と孤独、家族愛の物語に涙した。相談者がゲンナリしている野心的なおじさんみたいな女性も、仕事を離れれば女としてチャーミングで愛しい人なのかもと思えるかもしれない一本。

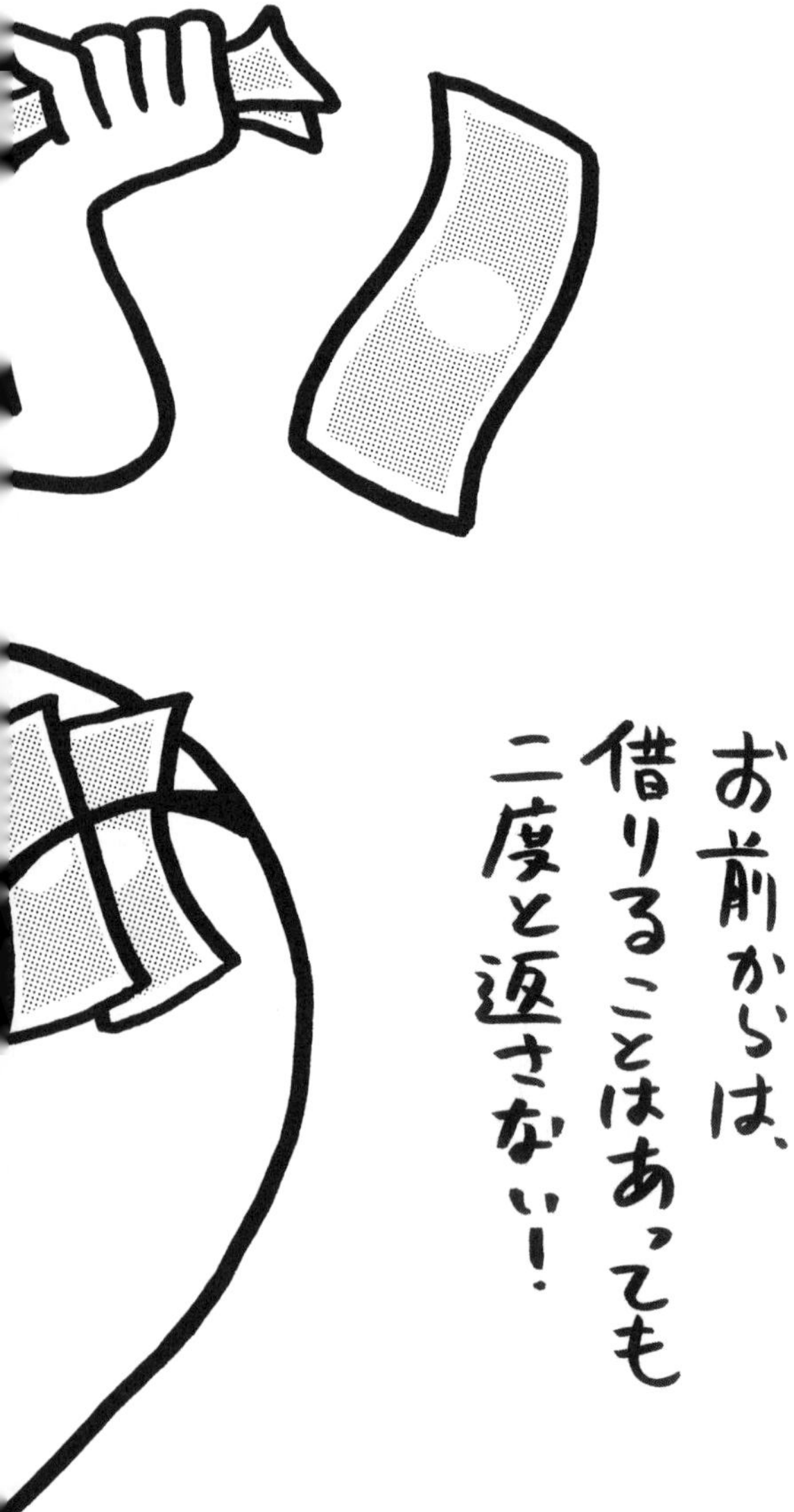
お前からは、
借りることはあっても
二度と返さない！

貧乏なので好きな女性をデートに誘えません

とても気になる女性がおります。メールや電話をしたり、なんとなくいい感じだと思います。デートに誘おうと思うのですが、その場合、すべての支払いは男性がもつのが当然ですよね？　私、とても貧乏です。カツカツの生活です。これでは、一生デートに誘えなさそうなのですが、中原さん、よい解決法はないものでしょうか？（事務員・32歳・男）

僕だってちょっと前までは女の人に全部おごってましたよ。二十代でアメックスカードを持ってるような金持ちの女にだっておごってました。今はそんなことしません。そんなタフじゃないし、もうそういう時代でもないでしょう。男が全部おごるっていう風潮は、バブルの頃の話じゃないですか。そういう時代のムードは終わりました。でも僕は、本心では全部払いたいから、以前は気前よくおごってたけど、あるとき立場が逆転して、おごられるほうになっちゃいまし

た。ただおごってもらって、じゃあねと別れる。嫌ですね。**気づけばヒモっぽい自分**がいて、本当に嫌だ……。

その女のことが本当に好きなら、お金を出すのは楽しいじゃないですか。無理してでもおごればいいですよ。僕だってすごく好きなネエチャンがいたら、がんばろうって思いますよ、たぶん。そう思いたい。それで仕事がんばったりする気になるならいいじゃないですか。

『エム・バタフライ』　監督：デヴィッド・クローネンバーグ　出演：ジェレミー・アイアンズ、ジョン・ローン、バルバラ・スコヴィア／1993年／アメリカ　●文化大革命前夜の北京、フランス外交官のガリマール（ジェレミー・アイアンズ）は、ふとしたことから京劇の舞台女優ソン・リリン（ジョン・ローン）と出会い、恋に落ちる。ガリマールは禁断の愛にのめりこみ、国家の機密情報を彼女に漏らしてスパイ容疑で逮捕され、法廷へ。そこで彼が見たのは愛した女ではなく、小柄で端正な顔立ちの男だった……。あなたの恋は最後に死が待ちうけているぐらいに熱い恋？　ほんとうに好きなら無理しなきゃ！

この映画でお悩み解消

借りたカネ返せよ

友達がお金を返してくれません。正確に言うと結局は返してくれるのですが、遅れます。これまで五度は貸しましたが、五度とも期日に返ってきませんでした。貸すたびに返済はどんどん後ろ倒しになっています。もう二十年来の友人で、仲違いはできればしたくありません。絶妙な取り立て方法をご教授頂けないでしょうか？（機械設計・32歳・男）

あげるつもりじゃないんだったら貸しちゃダメだよ！　取り立てられる立場の僕が言うのもなんですけど。僕は一万円だって、絶対返さなくていい人からしか借りません。大人の稼ぎのある人からしか借りないです。お金が無さそうな人からは、千円ぐらいしか借りない。でもこの友達は遅れてもちゃんと返すわけですよね。じゃあいいじゃないですか。セコいですよ。二十年のつきあいで仲違いしたくない友達なら一万円ぐらいあげればいいじゃん。僕だってお金

貸すときはあげるつもりですよ。最近はそういうこともないですけど。
でも、借りるほうも殴られない程度にユーモアでごまかす努力は欲しいですね。「お前からは、借りることはあっても二度と返さない！」とか。訳わかんないことをデカい態度で言う。**本気で逃げちゃダメなんです**。本気で逃げられると、追いかけたくなっちゃうから。
それにしても、ちっちゃいですね、この人。ちっちゃい機械でも設計しているんでしょうか。

『**ナニワ金融道　灰原勝負！　起死回生のおとしまえ!!**』監督：茅根隆史　出演：杉浦太陽、杉本哲太、鈴木紗理奈／2005年／日本　●言わずと知れた青木雄二の人気コミック『ナニワ金融道』を「ウルトラマンコスモス」の杉浦太陽主演で映画化。金融業者の世界を生々しく描いたこの作品で、借金をしなければならない人、督促されつづける人の悲哀が実感できるかもしれません。「訳のわからないことをデカイ態度で言う」という実例も探せるでしょう。

この映画でお悩み解消

貧乏か、ハングリー精神か

貧乏であるという現状との付き合い方について悩んでいます。貧乏から抜け出したい！　というハングリー精神で生きていった方がいいのか、それとも、貧乏なりに楽しみを見つけて生きていくのがいいのか。フリーランスの三十四歳が身につけるべき態度とはいったいどのようなものなのでしょうか。（ライター・34歳・女）

僕はそういう選択に無自覚だったからこんなに貧乏なんですよ。なんだか今、世の中が両極端になっている気がしますね。つつましくか、ハングリー精神か。ハングリーじゃないと貧乏から逃れられないっていう世の中は間違ってると思うけどな。ちっちゃくまとまって結婚とかして、貧しさやつつましさのなかに喜びを見出すことができない人間なので、僕にこんなこと聞いてもダメです。ブダペストに行ってください（ハンガリーの首都）。

映画でもそういうのムカつくじゃないですか。たとえばコーエン兄弟の映画とか、つつましく生きることがいいのだ、みたいなことを言いたがる傾向にあるでしょう。ほっとけ！　と思うわけです。そんな映画で一喜一憂してること自体がつつましいとは思うけどね。結局その両極端しかないんですかね。第三の道はないのかなあ。**そういうことから解放されるために、映画や音楽や文学があると思うんですがね。**違うかなあ？

つつましく、半径何メートル以内しか興味ないとか言ってる人がいますけど、いやになっちゃいますね。ささやかな反社会的な行動を目指して、少しでも世の中が革命に向かうように頑張ってほしいわけですよ。自分の富とか満足を超えることを想像するしかないじゃないですか。資本主義を脱するのが独立への道ですからね。

そういえば昨日、かなり金に困って機材を売りに行ったら、楽器屋のリペアマンが、「この本読んで真面目になったほうがいいよ」とか言って、『ユダヤ人大富豪の教え』という本を渡されました。まだ読んでないけど。この人も読んだらいいかもしれない。

『ロード・オブ・ザ・リング』　監督：ピーター・ジャクソン　出演：イライジャ・ウッド、イアン・マッケラン、リヴ・タイラー／2001年／アメリカ、ニュージーランド　●映像化は不可能と言われていたトールキンの『指輪物語』を、ピーター・ジャクソン監督が三部作として見事に映画化。「ファンタジーの世界に逃げ込んで、半端ないハングリー精神で勝負せよ！」というのが中原氏からのメッセージ。まずはこの第一作目からはじめよう。

この映画でお悩み解消

物欲がおさえられません

自分の物欲に悩んでいます。一人暮らしをはじめてから我慢ができなくなりました。自覚はしていますが、歯止めが効きません。特にネット通販はクリックひとつなので、迷う間もなく、とりあえず買ってしまいます。バイト代だけでなく仕送りもつぎ込んで「なにか」を手に入れてしまいます。このまま「欲」が抑えられなくなるのでは……と不安です。どうしたら欲を抑えることができますか。

（大学生・20代・女）

あり金を遣い果たしましょう。そしたら、もう買えなくなります。いや、お金が無いから風俗で働いて、となると困ったもんですけど、うーん……。とりあえず、**お小遣いをくれる男の人をつくりましょう。** それが風俗以下なことになる可能性もありますが。

僕は最近、欲しいものがなくなってきました。所有するということがバカバカしくなってきた。

iTunesとかには音質などで批判的ですけど、あれのおかげで音楽を所有したいという欲望から解放された気はします。

『ロザリー・ゴーズ・ショッピング』 監督：パーシー・アドロン　出演：マリアンネ・ゼーゲブレヒト、ブラッド・デイヴィス、ジャッジ・ラインホルド／1989年／西ドイツ　●『バグダッド・カフェ』に続くパーシー・アドロン監督のブラック・コメディ。浪費癖のあるロザリーの家族（夫と七人の子供たち）のなかで彼女は一見やりくり上手に見えるが、じつは最も物欲にコントロールの効かない張本人。37枚のクレジットカードを使って詐欺まがいの手口で買い物をし、パソコンを手に入れるといよいよヤバいところに手を出して……。ロザリーのように犯罪に手を染める前に気前の良い男性を見つけたほうがいいと実感するかも。

この映画でお悩み解消

みなさんに
欠けているのは、
セルフプロデュース能力
だと思います！

天は人の上に人を造らず、人の下に人を造らず

なぜ人は人の上に立ちたがるのでしょうか？　あらゆる場所でそうです。あいつより私のほうが正しい、面白い、事情通だ、達観していると振る舞う人ばかりです。人間なんでこうなんでしょう？（ホテル従業員・35歳・男）

僕は常に控えめにしてるつもりですよ。オレは正しくない、オレは面白くない、事情をよく知らない、達観してないって思いたいんですけど、まあ気が付くと、あの映画つまんないとかクソだとか、言ったり書いたりしてます。でも面と向かって人と話すときは偉そうにしたっていいと思うんですよ。自分が言ってることが相手にどう映ってるのか、ダイレクトに返ってくるんだから。人との会話の俎上に乗せて、それが相手も納得できることなのか、確かめられる。自分の意見があることは大切だし、意見交換くらいはしてもいいと思うけどなあ。人の上に立つために言うのと、自分の意見を言うっていうのを一緒にしちゃいけないと思いますけどね。でも、

ネットの世界みたいな一方通行のところで偉そうにするのは滑稽だし愚かですよ。そのことをわかってればいいんじゃないですか？　ネットの中の発言を見てると、まさに人の上に立とうとか、野心みたいなものを常に感じます。

ちょっと話が違うかもしれないけど、最近、全能感を持ってる人、多いですよね。気になってるんですよ、全能感。なんなんだろう。全能感なんて信じていないし、自分はそんなものまったく持たないで生きてますけど。

人より上だとか下だとか、自分が正しいなんていうのは、その人の価値基準に囚われてるってこと。そんなのより僕は**「あいつの考えていることはまったくわからん」**みたいに扱われたいけどなぁ。べつに奇矯なことをしたいとかじゃなくて、どこにも属してないし、なんかよくわからない、こいつが居ても無駄だ、みたいに思われたい。だから、オレがなんか強い意見を言ったからって、人の上に立ちたいってわけじゃないんだ！　ということは言いたいです。

『スーパーマン』　監督：リチャード・ドナー　出演：クリストファー・リーヴ、マーゴット・キダー、マーロン・ブランド／1978年／アメリカ　●正しくて面白くて事情通で達観している人とは「超人」＝スーパーマンのこと？　監督は『オーメン』のリチャード・ドナー。スーパーマン役のクリストファー・リーヴは落馬の事故で脊髄損傷を起こし首から下が麻痺、車椅子生活を余儀なくされる。その後は身体の麻痺に苦しむ人たちを支援し、いつまでも「スーパーマン」として尊敬された。

この映画でお悩み解消

人に頼まれすぎて困っています

人に振り回されることが多いです。はじめは楽しい関係なのですが、私は洋服や木工家具を作るのが好き、掃除が好きなので、「ちょっと作って欲しい」「自分の家にも来て掃除をして欲しい」など、みんな当然のように私に色んなこと求めてきます。嫌なことは断るのですが、最近それで、ある人から絶交されました。どうしたら雑用を頼まれないようになれるのかわかりません。父は「おまえが馬鹿にされているからだ」と言います。そうなのでしょうか？　馬鹿にされない人間になるにはどうすればいいのでしょうか？（デザイナー・39歳・女）

いいようには使われているけど、馬鹿にはされてないでしょ。でもそう思うんなら、頼まれたら鼻で笑ってやればいいじゃないですか。**馬鹿にし返す**。「あいつに頼みごとをすると馬鹿にされる」っていう風潮を作る。この人に限らず、相談者みなさんに欠けてるのは、そう

いうセルフプロデュース能力だと思います！

『フレイルティー／妄執』 監督：ビル・パクストン　出演：マシュー・マコノヒー、ビル・パクストン、パワーズ・ブース／2001年／アメリカ　●『ツイスター』『シンプル・プラン』の俳優ビル・パクストンが初めてメガホンをとったサスペンス・ホラー。心優しい車の修理工の父親と二人の男の子は幸せに暮らしているが、ある日父親が、人間になりすました悪魔を退治するようにとの神のお告げを受ける。父親の価値観が世界のすべてであり、すべては「父の言う通り」な無垢な弟の運命は!?

この映画でお悩み解消

まずい料理って
楽しいと思うんです。

父が許せない

父を許すことができません。激しい性格の人で、母とよく喧嘩し、時に暴力もふるっていましたが、責任感が強く、涙もろい人で、父なりに必死で家族を大事にしているんだな、とは子供心にも感じていました。ある日、僕が小学生の頃、父は仕事仲間と家で酒を飲んでいました。僕には二つ上の兄がいて、ふたりでテーブルの下に隠れて遊んでいました。酒に酔った父は、僕たちに気づかず、こう言いました。「俺、正直、○○（兄の名）のほうがかわいいんだよな」。それ以来、やりきれない、悲しい膜のようなものが、自分の人生を覆っています。結婚を考えている女性がいるのですが、いい家庭を築く自信もありません。（公務員・28歳・男）

悲しい話ですね。うーん。そうかぁ。お父さんが好きなんですね。「いい家庭を築く自信もありません」ってことは、やっぱり自分も同じようなことをしてしまうかもしれないと恐れてるん

でしょうか。同じことをしないためには、まず酒を飲まないことかもしれません……。

家庭に対する理想が高すぎるんじゃないですか？ 自信がないならやめることだな、とも思いますけど。この人の考えてる「いい家庭」ってどういうものなんだろう。僕は親に何の期待もしてない。実家にいてちょっとでも優しくされると、まさか親子の愛みたいなのが世間並みにあるのかと思って気持ち悪くてしょうがないです。

いい家庭なんて僕は信じてないし、そもそも家庭のカタチがよくわからない。このあいだスチャダラパーの二十五周年ライブに行ったんですけど、みんなまっとうな家庭のカタチをつくったなあ、むかしはピーターパン・シンドロームとかなんとか話していたのになあ、とは思いましたけど。

過去をどうでもいいと思うしかないでしょう。親と自分の関係って、やっぱり、自分の人生になんらかの影響を及ぼすんだろうけど、積極的に関係がないと思い込むしかないですよね。

『火宅の人』 監督：深作欣二　出演：緒形拳、いしだあゆみ、原田美枝子／1986年／日本　●壇一雄が20年以上に亘って書きつづけた遺作を深作欣二監督が熱望して映画化。作家・桂一雄は、妻と、日本脳炎を患った息子をはじめ四人の子を持ちながら、女優を愛人として通俗小説を量産し、自宅をよそに放浪を続ける。一般的に言われる「いい家庭」ではない家庭の物語だが、ラストは涙無しには見られない。実娘の檀ふみが一雄の母親役で出演している。

この映画でお悩み解消

父が結婚に反対します

父が私の結婚に反対しています。相手に関係無く結婚自体に反対していて、一生結婚しないでひとりで生きろと言われます。そうなったのも過去に私が付き合っていたのが無職のバンドマンだったり保険に加入していない大型トラック運転手だったことがあったため、私の人間性を信用されていないことが原因です（今思えば父が言う通り結婚しなくて良かったです）。私が会社員と結婚すれば父は私を認めてくれるのですが、私は定職についている男性と知り合ったことがありません。どこへ行けば仕事を持っている人と知り合えるのでしょうか。父が認める定職についた人と結婚するべきなのか、このままひとりで生きて老後を迎えるべきなのか悩んでいます。（ファッションデザイナー・39歳・女）

「父の言う通り」って思うなら、従えばいいじゃん。それか、お父さんに責任持って結婚相

手を連れてきてもらえばいい。そんな結婚、僕は嫌だけどね。**どうせ親父のほうが先に死ぬ**んだし、老後の責任なんて持ってくんないわけでしょ。とんだ親父だと思いますねぇ。とにかくそんな偉そうなこと言うならいっぱい遺産を残してから死ねって感じですよ。

この映画でお悩み解消

『ミート・ザ・ペアレンツ』 監督：ジェイ・ローチ　出演：ロバート・デ・ニーロ、ベン・スティラー、テリー・ポロ／2000年／アメリカ　●看護士の男が恋人との結婚を認めてもらうため、元CIAの頑固者の父親（ロバート・デ・ニーロ）に気に入られようとバトルを繰り広げるコメディ。相談者の父上もデ・ニーロ並みに手強そうだけど、それでも果敢に奮闘する誠実な男性を探してみる？

義父の料理がまずくて耐えられません

夫がうつとアル中で仕事をやめ、家賃を払うのが大変になったので、三ヵ月前から夫の実家で七十二歳の義父と同居を始めました（夫は入院中、義母は既に亡くなっています）。東大卒で一流企業に勤めていた義父は、とてもプライドが高く、料理の腕にも自信を持っているようです。でも、はっきり言って、おいしくないのです。今はなんとか我慢して食べていますが、そろそろ限界。私までうつになってしまいそうです。義父のプライドを傷つけることなく、「あなたの作る料理はまずい」ということをわからせる良い方法があったら教えてください。（主婦・38歳・女）

僕は、まずい料理って楽しいと思うんですよ。例えば、店の料理があまりにも強烈だったせいで、どんなまずさだったかつい確認したくなり、その店に通うことすらあります。新橋にあった牛丼屋、つぶれちゃったんですけど、よく行ったなあ。醤油で湿った雑巾みたいな牛肉が乗ってるんですよ。

本当にまずかった。記憶してるつもりでも、やっぱり抜け落ちるからたまに行って記憶を補充しなきゃいけないと思っていました。今や記憶をフレッシュにする機会は永遠に失われましたけどね。

イギリスも北欧も、料理がまずかったおかげで楽しめました。「なんでこんなもん食ってんだ? その辺の石とか齧ってる方が塩味がしてよっぽど心が落ち着くんじゃないか?」って思うぐらい納得のいかない味に出会うんですよ。もう面白くって。人の家に行くと知らない匂いがすることがあるじゃないですか? あれが味になったようなもの、という解釈もできるかもしれません。味の素みたいなもので「美味しさってこういうもの」ってみんなが同じように刷りこまれちゃうなんてつまらないです。**僕なんて料理のうまい女の人がむしろ嫌いです。**面白くない。この相談者も、義父のまずい料理を積極的に面白がったらどうでしょう。応急処置としては、台所をガス爆発させて全部ぶっ壊して、冷凍食品しか食えない状態にするのはどうでしょう。

『コックと泥棒、その妻と愛人』 監督:ピーター・グリーナウェイ　出演:リシャール・ボーランジェ、マイケル・ガンボン/1989年/イギリス、フランス　●とある仏料理店の常客は、泥棒とその妻、そして学者。いつも書物を手に一人静かに食事をしている学者と泥棒の妻は魅かれ合い情事を重ねるが、横暴な夫が許すわけもない。妻は夫に食べさせるため、世にも恐ろしい料理をコックに注文する……。たぶん美味しくはないこの料理、観客の記憶にも長く残りそう。

この映画でお悩み解消

ニートで拒食症の兄弟

義弟が二人ともニートです。上は三十二歳、下は二十七歳、家事などは手伝うようですが、働こうとする気配はありません。何か声をかけてやりたいのですが、上手い言葉も見つかりません。また、下のほうは二ヵ月ほど前からほとんど食事を摂らなくなりました。口にするのは牛乳と水がほとんどだそうです。病院へ連れていこうとすると部屋に閉じこもり出てこなくなります。いっそ倒れてくれれば引きずってでも病院へ連れていけるのですが……。義母の心労も心配です。何かできることはありますか？（会社員・30代・男）

僕も一歩間違えばニートになってたかもしれない人間なんで、身につまされます。相談しているこの方は、ニートたちに家計のために働いてほしいのか、人として働いてほしいのか、どちらの願望が強いのかわからないですけど、とにかく働け！と言うしかないですね。**言いた**

いことがあれば、伝えるしかないでしょう。何も言わずに許すより、「そろそろ働いた方がいいんじゃないの？」と声をかけることは大切。

下の義弟さんは、棒で叩いて、怪我させて病院に連れていくってのはどうでしょう。彼は、働いてない罪悪感からこういう行動に出ているんですかね。それとも具合が悪くて牛乳と水しか飲めないのか。いずれにせよ、ずっとこの状態だと倒れますよね。この回答が届いた頃には、もう倒れているかもしれないですね……。

『カーペンターズ・ストーリー』監督：ジョセフ・サージェント、リチャード・カーペンター　出演：シンシア・ギブ、ミッチェル・アンダーソン／1989年／アメリカ　●カーペンター兄妹の生い立ちと、拒食症によって32歳の若さで亡くなったカレンの悲劇を追ったTVムービー。身心が蝕まれていく彼女の姿が痛々しい。劇中で流れる数々のヒット曲はカレン自身の歌声で、物悲しさがいや増す。拒食症の怖さや哀しみを痛感する一本……。

この映画でお悩み解消

中学生の息子がいまもぬいぐるみと話しています

中学三年生の息子がぬいぐるみ離れできません。五、六匹の仲の良いぬいぐるみと日々話をしています。話と言っても、挨拶とか励まし合いとかちょっとしたことです。そこから想像が膨らみ物語が生まれ、将来作家になれるのでは！といった前向きな雰囲気はありません。時にはおやつを食べさせたりしていて、おままごとのような様子です。いつか終わるだろうと放ってきましたが、さすがに身長も一六〇センチを超え、体毛も増え、見た目に怖い感じになってきました。外の人にはこのことを決して言わないように厳命されていますので、恥ずかしい、という意識はあるようです。今後、どのように接したら良いでしょうか。（主婦・40代・女）

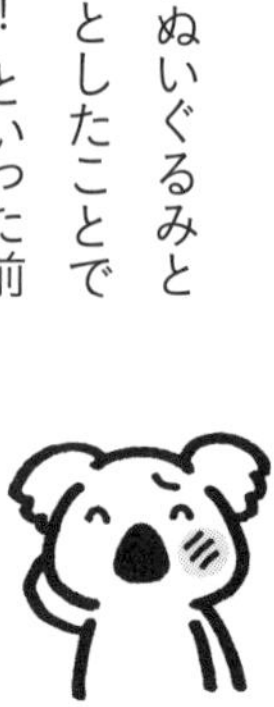

あー、わかるなぁ。僕も、結構いい年までぬいぐるみとか好きでした。話しかけはしなかったけど。五、六匹それぞれの声色は変えたりするんですかね。気になります。体毛も増え、

見た目に怖い感じ……むしろ将来が楽しみですよ。

僕の中にもこの少年がいるような気がして、キツいことは言えないな。今はさすがに、ぬいぐるみとか家に置きたくないから、しまってありますけど、やっぱり捨てられないものですよ。道端に捨てられているぬいぐるみを見ると、泣いちゃったりしますからね。可哀想だけど持って帰れない、と思うと切なくて……。

ひとつ言えるのは、こういう子は人を殺さない、ってことです。だから、長い目で見守るしかないでしょう。親が勝手に捨てちゃうとかの暴挙に出ると、トラウマになるでしょうから、ほっとくしかないですよ。二十代になったら気づくんじゃないですか、これヤバイなって。大丈夫、優しい人ですよ。そんなふうに温かく見守るしかないですね。

『チャイルド・プレイ』監督：トム・ホランド　出演：キャサリン・ヒックス、クリス・サランドン／1988年／アメリカ

●おもちゃ屋に立て籠った殺人鬼が銃撃され息絶える直前、傍らの人形を握りしめて呪いの言葉を呟いた。殺人鬼の魂が吹き込まれた人形は、行商人の手から誕生日プレゼントを探す母親の手に渡り、可愛い息子へ……。凶悪犯ではなく優しい少年の魂が入ったぬいぐるみなら、映画のようなことにはならないから大丈夫。

この映画でお悩み解消

「マーくん」と
呼ばれたら
即刻別れます。

恋をしたことがないのです

まだ恋をしたことがありません。このあいだ吉本隆明の『超恋愛論』を読んでたら、恋をすると「寝ていた神経が起きあがる」とありましたが本当でしょうか。中原さんは、恋をするとどうなりますか？（大学院生・23歳・女）

恋かぁ。恋ねぇ。自分はもう若い頃みたいに人を好きになったりしないんだろうなあ。そういう情熱からどんどん離れていく感覚が怖いですね。性欲だって減少した自覚だけがある。でも、若いときに**恋だと思っていたことって、ただのトチ狂った独りよがり**だったんじゃないかと最近思いますね。べつにストーカーみたいなことしてたわけじゃないですけど。

恋をすると、僕は関係妄想に取り憑かれる。偶然が重なって変なことがよく起きて、ほんとに怖いんですよ。たとえば、初めて付き合った女の人に、出会いがしらに「大学時代の友達に似てる」と言われて、その人はどうしてるのか聞いたら「死んだ」って。しかもその人が初体験の相手だったなんて言うから頭から離れなくてノイローゼみたいになって、親に相談したら「馬鹿馬鹿しい！」って相手にされなかった。やっぱり相談なんかしなければよかったと思いながらふと親の背後のテレビを見たら、大学生が寝てる間に父親に絞め殺されたっていうニュースが流れてるんです。その大学生というのが、俺が似てるって言われたその人だった。しかも、その事件が起きた日は俺の誕生日で……。偶然って凄まじいですね。つまり、「恋をすると寝ていた神経が起きあがる」というのは、ある意味正しいです。

『恋』 監督：ジョセフ・ロージー　出演：ジュリー・クリスティ、アラン・ベイツ、ドミニク・ガード／1971年／イギリス

●ハートレイの小説『恋を覗く少年』をハロルド・ピンターが脚本化した、ジョセフ・ロージーの思春期映画の傑作。階級を超えて愛し合う男女の連絡係となった少年の、性の目覚めを情緒豊かに描く。イングランドの美しい田園風景とともに流れるミッシェル・ルグランの甘美なメロディ……冒頭から目が離せない。そのものズバリ、映画『恋』で予習を。

この映画でお悩み解消

キープ君がいます。間違っていますか？

ここ数年、彼氏がいないのですが、この前地元で久しぶりに会った男友達と「三十歳になっても独身だったら結婚しよう」という約束をしてしまいました。彼とは中学のときからの仲で、一番心許せる男性です。でも、一緒にいると安心して、ふたりとも素の自分を曝け出すので、ときめきはまるでないし、恋愛に発展するとは思えません。だから、付き合おうという話にはならないのですが、周りが結婚していくなか独り身なのも嫌だからと、こんな約束をしてしまいました。いわゆるキープです。他の友達に話しても理解してもらえず、「それならもう、今から付き合っちゃいなよ！」と言われます。でも、この先まだ出会いがあることに期待して、あらゆる可能性を捨て切れません。こんな私は間違ってますか？

（美容師・26歳・女）

「ときめき」ねぇ。**いちばん厄介なやつ**ですよ。単なる思い込みなんだから、あんなの。たいそうなものじゃないです。クスリでもやってない限り恋愛のキラキラ状態なんて続かないわけですよ。そういう現実ぐらいはわかってるんでしょうか。「あらゆる可能性」ねぇ。相手の男友達が二十九歳ぐらいでときめく恋愛して結婚しちゃったらどうするんだろう。そういうことは考えないんだな。上から目線で図々しい女だ！

心は許せるけど、体は許せないってやつですか。そんなことあり得るのかなあ。体は許さないと思ってる人に心を許すなんてありえないよ。いわゆる二十代・女子のいちばん矛盾したパターンですね。

いくつになったって可能性なんていくらでもあるでしょう。でもそんな出会いの前に死ぬ可能性のほうが高い。四年後には日本が、世界が終わってるかもしれないんだから。

『**恋人たちの予感**』監督：ロブ・ライナー　出演：ビリー・クリスタル、メグ・ライアン、キャリー・フィッシャー／１９８９年／アメリカ　●初対面では互いに最悪の印象を持った二人が、５年後、10年後と人生の岐路で偶然出会い、「男と女のあいだに友情は成立するか」というテーゼに悩んだ末に結ばれる大ヒットラブ・ストーリー。「ときめき」なんて何がきっかけで発生するかわからないという教訓が得られます。

この映画でお悩み解消

元カノと長電話するのは罪ですか？

僕には二年付き合ってる彼女がいるのですが、最近元カノとよく長電話をしてしまい、罪悪感に苛まれています。元カノとは、同窓会で再会してから連絡をとるようになり、一度二人きりで食事に行きました。元カノは、自分の過去を知る人なので安心するし、話したいことが次から次へと出てきて、つい長電話になってしまいます。今の彼女のことが一番好きだ、と心では思っていながら、元カノとの電話を密かに楽しむ自分はサイテーな男なんじゃないかと悩んでいます。彼女がいる以上、元カノとは完全に縁を切るべきでしょうか？（大学生・23歳・男）

積極的によりを戻したいってわけじゃないんでしょ。電話ぐらいべつにいいんじゃないですか？テレフォンセックスしてるっていうなら話は別ですけど。喋りながら股間とか触っているんですかね。下品だなあ。

でも悩めばいいですよ。人を好きになる気持ちって何だろう、とかさ、考えが色々生まれるじゃないですか。いいことですよ。生きていくって、そういうことでしょ。これは正しいんだろうかと煩悶することでもないと、本当のやるべきこととか、やっていいことは見えてこないと思うんですよ。人を殺した人にしか人間の尊さなんて説けないですし、極端な話。

僕は、元カノとも会ったり飲んだりしますよ、フツーにね。結婚してたら、世の中的に色々あるんでしょうけど。いいじゃないですか、会えばいいですよ。ほんとうは心の底にサイテーな気持ちがあるんだろうな。たぶん。

迷うことによって、さらに彼女のことを大事に思うようになるかもしれない。だいたい、元カノと今の彼女を比較するからいけないんですよ。比較じゃないよ。過去があって今があるみたいなこと。そういうことを認識して、過去にも現在にも感謝しなければいけないんじゃないですか。

博愛主義の精神ですよ。そういう人が増えれば、世のなか平和になると思いませんか?

『ガール6』 監督：スパイク・リー　出演：テレサ・ランドル、イザイア・ワシントン、スパイク・リー／1996年／アメリカ

●女優への夢を追いながら生活のためにテレフォン・セックスの仕事をし、ガール6というコードネームをもらうジュディ。成功のコツをつかみ瞬く間に才能を発揮して売れっ子になるが……。あなたを安心させ罪悪感というスパイスをふりかけながら長電話へと誘う元カノは特別な才能の持ち主。心地よい時間に身を任せてもいいのでは?

結婚願望がなくても恋したい

結婚願望がないのですが、そのことを公言すると、不倫目的、体目的の男性しか寄ってこなくなりました。尼のように生きることもできないので、結局、消去法的に体目的の男性で手を打ってしまう傾向があります。でも、やはりそこに愛はないので、満たされない日々が続いております。この日本という国で、結婚願望のない女性がステキに恋することは可能でしょうか？（広告業・30歳・女）

世の中では恋愛の果てに結婚があるということになってるんですよね。僕もそこはよくわからないところですけど。要するにこの人は恋にしか興味ないんだから、不倫はいいじゃないですか。結婚しなくて済むんだし、男も面倒臭いことは言わないだろうにね。不倫はあんまりステキじゃないって考えてるみたいだけど、まだ三十歳だからそんなことが言えるんですよ。四十過ぎたらただの図々しい女ですよ！　結婚はしたくないけどステキな恋はしたい、でも

体目的はイヤだなんて言うなら、**文通でもしてればいいじゃないですか！**

適齢期を過ぎた独身男は誰でも結婚願望があるって前提なんですかね。そうなんですかぁ？　結婚願望がないことを積極的に打ち出すと引かれるというなら、炊事洗濯が下手、家庭的じゃないってことを強調するのはどうですか。ちなみに僕は所帯じみた感じが本当に嫌だから、家庭的な人は駄目なんですけどね。

『ミスター・グッドバーを探して』　監督：リチャード・ブルックス　出演：ダイアン・キートン、リチャード・ギア／1977年／アメリカ　●愛なんて探しはしない。探すのは「goodbar」、肉体の快楽を満たしてくれる男。時はウーマンリブ運動が隆盛し性の解放が叫ばれていた時代。大都会で孤独に生きる女は、昼は聾唖学校の教師、夜は酒場で行きずりのセックスに溺れる二重生活を送る。彼女なりの性の倫理観の前に導かれるラストを、相談者はどう感じるか……。

この映画でお悩み解消

男友達に異性として見られるには？

もう何年も恋人ができません。子どもの頃から同性より異性といるほうが気負わず楽で、すぐに友達になれますが、異性として見られていないような気がします。まわりの結婚ラッシュで少し焦ってきました。ものすごくガサツだとか、極端に口が悪いとかではないつもりです。異性としてみられるためには、何が足りないのでしょうか？　ちなみに、なぜかストーカー体質の人からは好かれがちです。（会社員・20代・女）

ストーカー体質の人と付き合ってみればいいじゃないですか。そうすれば、女として自分に何が足りてて、何が足りないのかわかるかもしれません。

僕の場合、はっきり言うと、**肉体関係を持つ可能性が一パーセント以上はある**と思える人じゃなきゃ、友人としても付き合えないです。逆にそういう気もないのに、異性と接するのは失礼だと思う。
焦ってるんだったら、とにかく外見を磨くしかないんじゃないですか？　内面なんてどうでもいいと思わせるほどキレイになれば、男も寄ってきますよ。

この映画でお悩み解消

『マルタ』　監督：ライナー・ヴェルナー・ファスビンダー　出演：マルギット・カルステンセン、カールハインツ・ベーム、ブリジット・ミラ／1975年／ドイツ　●世間知らずの娘が、運命的に出会ってしまった男と結婚し、狂気の生活が始まる……。夫の行きすぎた愛情は肉体的、精神的暴力となるが、妻も夫を愛するがあまり従順であろうとして次第に狂っていく。ファスビンダーならではの執拗なサディズム描写が冴えわたる、ストーカー体質の男とつきあって結婚するとこうなるかも、という一本。

モテる男の人を好きになってしまいました

モテる男の人を好きになってしまいました。才能も名もある人で、それなりの数の女の人と関係を持ってきたようです。奥さんはいません。会うととても優しく楽しくて、一緒にいるだけで幸せな気持ちになり、生きることのつらさも一時忘れます。私は独り身で子持ちです。他の女性への嫉妬はなく、時が来たら別れも覚悟できていますが、その人と会えなくなった自分の生活が怖い。この関係をできるだけ長く続けるにはどういう女でいたらいいでしょうか。（広告関係・30代・女）

目の前でわかりやすくモテてる人って見たことないけど、マンガみたいに両手に花状態なのかなぁ。そういうモテ男は、多くの人に好かれる反面、人との関わりあいに諦念を持っている冷たい人であって欲しいですね。「この人ってモテるけど、寂しいところで生きている人なんだな」みたいな。

長続きさせるコツ？　そもそも世の人はどういう理由で恋人と別れるんでしょう。ちなみに僕は、母性愛をむき出しにされると嫌気が差します。そして僕は付き合った女に「マーくん」と呼ばれたら、即刻別れます！　君付けだけはダメ。逆に、相手からフラれる理由は、**将来性がないとかお金がないとか……**。フツーの話ですが、関係を長く続けたほうが、別れた時の喪失感がデカいです。だからって、さっさと別れろとは言えないけど。どうしたら長く続くかとか、先のことは考えないことですよ。自分は長く続けたいと思ってても、相手がどうかなんてわからない。そこで、相手の気持ちをわかろうとすると、相手との温度差をより感じて、ますます悩んだりするし。男女の間の温度差って、曖昧でわかりづらいものですよね。

「時が来たら別れも覚悟できています」と言いながら、結局、覚悟できてないわけですよね。困りましたね。

『**アルフィー**』監督：ルイス・ギルバート　出演：マイケル・ケイン、シェリー・ウィンタース／1966年／イギリス　●定職をもたず、次々と女を変えていくプレイボーイ・アルフィー。人妻、看護婦、少女、そして富豪の未亡人……。さんざん女を泣かせた彼がようやく身を固めようと決心したとき、意中の女は年若い男に走る。稀代の色事師を飄々と演じるのはM・ケイン。リメイク版ではジュード・ロウ。モテ男の手練手管も学べますが、モテ男がモテなくなる臨界点をつかむヒントにも。

この映画でお悩み解消

劣情を
抱きつづけろ!

KEEP
ON
HORNY!

妻の同僚に劣情を……

妻の同僚に魅かれています。彼女と妻は、公私ともに仲がよいです。家に遊びにも来るので、僕も一緒に飲んだりするようになりました。先日、はたと気づきました。彼女と妻が次に遊ぶのはいつなのだろうか、と楽しみにしている自分がいたのです。妻との生活に不満はありません。今の生活を壊したくはないです。でも、彼女に魅かれています。会うたびに、彼女に劣情を抱いてしまいます。どうしたらいいのでしょう？（サラリーマン・35歳・男）

いいなぁ。こういう設定で悩んでみたいですね。羨ましいとしか言いようがない。いいなぁ、いいなぁ〜。**こんな小説書きたいです。**

どんな事件があると、この先に行っちゃうんでしょうか。同僚の行動を待つしかないですね。「待て、ひたすら念じろ」と言いたい。「ひたすら〝劣情〟の念を送れ」と。劣情を抱きつづけ、悶々とすればするほどその念は強くなるはずです。何もなければそれでいいんだし、今がいちばん楽しいときですね。うらやましい。

妻は少しは気づいてるんでしょうか。わざと彼女を連れてきて、試してるところもあるのかもしれませんね。平和な意見としては、そんな素敵な女性と一緒に働いている自分の奥さんにも劣情をもよおせ、ということです。劣情の念をときどきは奥さんのほうにも向けておけば、夫婦円満ですね。

『隣の女』 監督：フランソワ・トリュフォー　出演：ジェラール・ドパルデュー、ファニー・アルダン／1981年／フランス

●妻と子供を愛し平穏に暮らしていた男の隣家に、むかしの恋人とその夫が引っ越してくる。二人は再び魅かれあい、ついに一線を越える。狂おしく燃える恋と、罪の意識との葛藤。女はついに神経衰弱に陥るが、男は妻の妊娠を知って女から離れていこうとする。そのとき、誰もいないはずの隣家で……。劣情の念を送り続けてこんなことにならないようご用心。

顔に欲情してしまいます

転職した新しい職場に、野球バカで頭が悪くて尊敬できない上司（既婚）がいるのですが、顔が良いため欲情してしまいます。今後、どういう展開に発展させればよいでしょうか。（会社員・27歳・女）

バカだなぁ〜。本当にバカですねぇ。でも顔で欲情するってのはよくわかるなあ。野球バカって、自分が野球をするバカなんですかね？　応援だけとか、トレーディングカードを集めてるだけのバカかな？

下品な話で恐縮ですけど、正常位でセックスしてると、顔とセックスしているに過ぎないんじゃないかと思うことはありますからね。だから、たとえ普段の顔が良くても泣き顔が汚い女とは、「ああ、この人とはできないな」とか思ってしまいますよ。そんなこと言える立場か、って話ですけどね。美人なのに泣くと醜くなる人っているでしょう。泣くとグシャーっとなっておじさんみたいな顔になる人。女優で言うと、ローラ・ダーンです。
そんなことはいいんですが、この二十七歳の女性はこの野球バカと一緒に野球をすればいい。欲情を発散させるしかないですよ。ただのファンだったらいっしょに観に行けばいいじゃないですか。客席で、**横顔でもやっぱり欲情しちゃうのか確認してみてください。**もしくは、野球グッズを一緒に買いに行くなりして、色んな角度から見てどの角度でより欲情するかを見極めるんですね。

『2番目のキス』 監督：ボビー・ファレリー　出演：ドリュー・バリモア、ジミー・ファロン／2005年／アメリカ ●仕事は成功したものの、恋が遠ざかっていたリンジーは、高校の数学教師ベンと運命的な出会いを果たし恋に落ちる。彼はボストン・レッドソックスの熱狂的ファン。恋人を理解しようとがんばるリンジーだが、ベンはシーズンを迎えるや生活のすべてがレッドソックス優先なのでさすがに亀裂が生じはじめる……ドリュー・バリモアがとにかく可愛い。泣き顔ももちろん可愛いはず。

この映画でお悩み解消

僕はこの女性に会ってみたい（中原）

仕事の相手にときどき体の関係を求められます。たいていの場合、私はその人を尊敬していて、体くらい、べつに、とも思うのですが、相手の仕事ぶりを尊敬していて、長くつき合いたい、と思えば思うほど、体の関係がないほうが、つまり、精神的な結びつきでいたほうが、長くよい仕事を続けていける気がしています。愚かでしょうか。（建築関係・30代・女）

いいですね、この読点の打ち方。**淫靡です！** これは確かに相手はたまらないでしょう。どんな人なのか、想像できます。美人ですね！ 迷いが見えるのも、イヤラシい。この人が普段どういう恋愛をしているのか気になってきました。体の関係がありながら、精神的にも結びつこうとするわけですか。いや、むしろ精神的な結びつきのほうが大事にしたいと思っているんですね……。

愚かではないですよ。相手に、「私はこう思っているんです」と自分の考えを伝えたら、精神的な結びつきがより強くなるんじゃないですか？　そうじゃなきゃ、何も変わらない。男と女は、いったん体を許しあってから、精神的な結びつきだけの関係に戻れるのか？　と聞かれれば、ぼくは可能だと答えます。

僕はとにかく、この人に会ってみたいです。想像通り、美しくて淫靡な女性なのか、自分の想像力を怨むのか。

『ディスクロージャー』　監督：バリー・レヴィンソン　出演：マイケル・ダグラス、デミ・ムーア、ドナルド・サザーランド／1994年／アメリカ　●ハイテク企業内の権力闘争に巻き込まれる男の姿を描くサスペンス。なんといっても、上司を演じるデミ・ムーアが部下のマイケル・ダグラスに迫る濃厚な「逆セクハラ」が話題になった。性差こそあれ、ちゃんと仕事したいのに上司に迫られて困る、という意味では主人公の悩みに共感できるはず。M・ダグラス自身の依存症と役柄は別問題。

色気がないと言われます

今年二十九歳ですが、いつまでたっても色気がない、と言われてしまいます。自分の理想は「Tシャツにジーンズでも色気のある女性」です。服装やメイクはどちらかというと地味で、いわゆる女性らしい格好があまり好きじゃありません。色気のなさはこれが原因だと思ってはいます。でも、服装やメイクなど外見ではなくて、内面から色気を出すには、どうしたらいいでしょうか。（カフェ経営・29歳・女）

ラフな格好で見た目はさっぱり、でも色っぽい、みたいな女の人ってそもそもパッと見じゃわかんないですよね。長時間吟味しないと。パッと見で色気があるなんていうのは、単に見てるほうが最初っから発情してるだけですから。

プライベートでエロいことするしかないんじゃないですか？　そしたら滲み出るでしょ。エロいことばっかりしているのに、色気が滲み出ない人なんていないから。もしくは、**普段からエロ**

いことを考える。官能小説ばっかり読んで、日がな一日、あそこを歩いてるカップルはどんなセックスするんだろうって妄想を重ねるとかね。それはただの頭おかしい人か。そうじゃなきゃズバリ、ホルモン投入とか行く先々で媚薬を混入するしかない。

「Tシャツにジーンズでも色気のある女性」って、言ってみれば、すぐ脱げる態勢でもある。重要なアピールですね。ノーブラならなおよしです。

この映画でお悩み解消

『**エマニエル夫人**』監督：ジュスト・ジャカン　出演：シルヴィア・クリステル、アラン・キュニー／1974年／フランス ●外交官の夫の赴任地バンコクで、異国情緒に惑わされ奔放な性体験を重ねる若妻エマニエルの物語。全身でのびやかに女の悦びや官能を表現したシルビア・クリステル。彼女の肢体の美しさにはむしろ女のほうが魅了されるはず。透け感のある着衣にノーブラ・ノーパンという「すぐ脱げる態勢」は色気MAX。レベルは高いがお手本に。美しきテーマ曲をくちずさみ、籐の椅子も手に入れましょう。

男の子に間違われます

私は未だに男の子に間違えられます。ボーイッシュな服装の時ばかりでなく、ちゃんとメイクをしても、スカートを穿いていても「お兄ちゃん」と声をかけられます。主に原宿、渋谷、新宿近辺です。今までは笑って受け流していましたが、昨年辺りから、ゲイの方にも男性と間違われるようになって少々困っております。人生に三回しかないというモテ期を一回使ってしまい、残念でなりません。彼らのお誘いをスマートにお断りできるフレーズを教えてください！（出版関係・20代・女）

主に原宿・新宿・渋谷近辺で間違われるってところが、興味深い。じゃあ、浅草や池袋に行け！　と言いたいです。スマートな断り方なんてないですよ。「男じゃないです！」としか言いようがない。お誘いってどこまでズバリお誘いされるのかな。「やらないか？」ですかね、やっぱり。そしたら、「ヤリません」と言うしかありません。

僕、よく他人にドン引かれるんですけど、電車に乗っているとき、あまりに暇だと、**この車両にいるどの女と寝たいか**って考えます。どうしても誰かと寝なきゃいけないとしたら、誰にするか？　って。たまに、間違えて髪の長い男性のことを眺めてたりするんですけど……。あと、お便所の男女の分け方も、青と赤ならわかりやすいけど、男の子と女の子のシルエットの違いだけのだと、誤って女の方に入っちゃうから怖い。そのぐらい悪気なく間違えちゃうよ、ってことです。たまにすごくいい女でも、よく見ると顔が男前ってこともあるし。

この人も、たとえば、髪を長くしてみればいいんじゃない？　それでも変わらなかったら、あなたは男です。ハハハ。とにかく、そんな自分を受け入れてあげるしかないです。

この映画でお悩み解消

『**トッツィー**』監督：シドニー・ポラック　出演：ダスティン・ホフマン、ジェシカ・ラング／1982年／アメリカ　●中年にさしかかった俳優のドーシーは、完璧主義が災いして周りと上手くいかず仕事がない。あるとき病院が舞台のソープオペラのオーディションに女装して参加し、見事受かってしまう。女優としてデビューを果たし一躍スターとなるのだが……。自分と異なる性を演じることで成功への道が開けることもある!?　せっかくの特性、積極的に活かしましょう！

死にたい死にたいって
いつも言ってるように
思われてるんですよ、僕は。
そんなこと言ってねえよ！

このままアイドルに元気もらっていいのかな……

二十代・男性です。大学卒業後、フリーランスの技術職として働いていますが、土日休みの会社員の友人たちとはなかなか会うことが出来ません。今は学生の頃から流し見程度に知っていたアイドルに元気をもらっています。特にでんぱ組.incが好きです。イベントに誘う友人もいないので、一人で参加しています。ただ、ふと「これいでいいのかな」と我れに返ってしまうことがあります。このまま一人の世界にどっぷりはまっていて、いいのでしょうか。（技術職・20代・男）

人が刺したくてたまらない！　とかじゃないんなら、べつにいいんじゃないですか。立派なオタクですよ。何をいまさら恥じらっているんでしょう。孤独を感じて、このままでいいのかなって思うのかな。それじゃあ元気もらってないじゃん！　騙されてるだけだよ。**僕は誰からももらったことないですよ、元気なんか。**

アイドルが好きな人の心理がよくわからなくて、特に群れてる人たちが嫌なんです。一人で勝手に追っかけて夢中になってるほうが健全ですよ。でも、アイドルに元気をもらうというのがよくわからない。直接は知りもしない女の人に思い入れられるというのが気味が悪いと思っちゃうんですよ。

こういう悩みを持ってる人は一杯いるんでしょうね。その人たちがどんどん年をとって孤独な老人が増えていく。その時にやっと問題化されるんじゃないですか。その流れに乗って、老人になってからどうにかすれば大丈夫じゃないですか。

孤独が怖いというのは永遠の悩みかもしれないけど、誰でも、ずっと孤独でしょう。一言で言うと、まぁ、どうにもならないってことですよ。受け入れるしかない。独りであることに耐えたり、慣れたり、耐性をつけることしかないのでは。つまり、でんぱ組.incにもっとどっぷり浸かるしかないんですよ。

『コレクター』 監督：ウィリアム・ワイラー　出演：テレンス・スタンプ、サマンサ・エッガー／1965年／アメリカ　●蝶の採集を生きがいとする孤独な銀行員フレディ。あるとき賭けで大金を手に入れた彼は、郊外に一軒家を買い、蝶ではなく若く美しい女を誘拐して閉じ込める。フレディは彼女に特に何もせず、じっと観察するだけの奇妙な同棲生活が始まるのだが……。孤独ながら、美しいものに元気をもらおうとわが道を突き進む主人公の一例です。万が一にも博打で大勝ちしないことを祈ります。

この映画でお悩み解消

18歳下の嫁から離婚を切り出されました

家業を継いで自営業をしています。去年十八歳年下の嫁をもらいました。年は離れていても趣味嗜好が合い、たのしい夫婦生活でしたが、半年過ぎた頃から急に態度が冷たくなり、先日、とうとう離婚したいと言われました。彼女はまだ三十歳手前。人生やり直したくなったのだそうです。引きとめても、頑固なので考えを変えてくれません。こんな年なので、次の相手をみつける気力ももう湧きません。このまま淋しさに耐えながら悶々と日々を過ごし、年をとったら死ぬのでしょうか。絶望から立ち直れません。（自営業・47歳・男）

可哀想な話ですね。嫁の気持ちはなんで突然変わっちゃったんだろう。理由なんてないのかもしれないし、考えてもしょうがないですね。この感じだと、引き止めても無駄でしょう。引き止めないほうがいいですよ。寂しさに耐えながら悶々と日々を過ごすのが人生ですよ。

強がるわけじゃないけど、僕なんかもう寂しさを感じなくなってきました。**寂しいのが普通の状態**として生きています。基本的に人間は独り。だから他人には期待しない。人なんてたいてい裏切るもんだし、急に冷たくなったりします。そういう目にばかり遭ってきましたから、今は「こんなこともあるだろう」と思いながら接してます。

絶望のなかでどう生きていったらいいのか。ペットとか飼えば寂しさは紛れるかもしれないけど、それでいいのかどうか。僕はどんなに寂しくてもペットを飼う独身男性にだけはなりたくないと強く思って生きてきました。オナニーやセックスをしているときに、動物にじっと見られるのが耐えられないし、どの瞬間にペットに自分の性器を舐めさせようとか考え出すんだろうと思うと恐ろしい。そういうことは絶対にしない自信はありますけどね。いつかそんなふうに……と思うと怖いでしょう。いや、そんなことしない自信はありますけどね。

ひとりで楽しく生きる方法を考えましょうよ。そもそも音楽だって、ひとりで聴くのが普通のことなんだし。映画を観て、誰かと感想を言い合うのもいいけど、結局はひとりで考えることがすべてですよ。**ひとりの営みのなかにしか真実は見出せない。**それを寂しい、虚しいと言っちゃったらおしまいだよ。屁でもないと思わなきゃ。去る奴は去れ！　そういう強さをここ何年かで僕は身につけました。

自分から離れていった相手に思いを馳せるなんてバカバカしい。そんな奴は全速力で遠ざかっていけばいい。全速力でそのまま崖から落ちて死ねばいいんですよ！

『ロリータ』　監督：スタンリー・キューブリック　出演：ジェームズ・メイソン、スー・リオン、シェリー・ウィンタース／1961年／イギリス　●ご存知ウラジミール・ナボコフの代表作をキューブリック監督が映画化。男が年の離れた女に翻弄され苦しみ抜くという傷口に塩をぬるようなストーリーな訳ですが、時には荒療治も必要です。「去る奴は去れ！」への手がかりを見出されることを祈ります。

すぐに熱が冷めてしまいます

私は人一倍、飽き性です。恋愛相手に関して、付き合い始めの半年ぐらいは会うたびに気持ちが盛り上がり、好きという想いを持続していられるのですが、慣れてきた頃にフッと熱が冷めてしまって、ロウソクの火が消えるように、頭のなかから相手の存在が消えてしまいます。彼氏のことを飽きてしまうのが怖いので、敢えて頻繁には会わないようにしたり、一定の距離をとることで新鮮さを保つようにしています。しかし、彼はそんな私を見て、浮気をしているのではないかと訝しみ、とても不安になると言います。こんなことで私、将来ひとりの人と結婚なんてできるのでしょうか？（飲食業・20代・女）

僕は人に飽きたことがないからなぁ。もううんざりだ！　と関係を続けるのが嫌になったことはいっぱいありますけど。この人は、相手の引き出しをすべて開け尽くしたってことなん

でしょうか。

小さい頃から母親が素っ気なくて、優しくされた記憶がないからか、愛情を露わにすることが好きじゃない。付き合う女性には、何を考えているのかわからないとよく言われます。酔っ払ったら気分が上がって自分から好き好き！　って言うけど、素面のときはシラーっとしてる。受け身でありたいと思う気持ちも、どこかにあるんでしょうね。あなたも僕みたいに、もっと他人を突き放して生きたほうがいいですよ。ベタベタしてわかり合うよりは、相手のことがよくわからないぐらいのほうが気持ちいいと思うんですがね。

結婚するなら一回と決めてるみたいだけど、べつに一生のうちで何回結婚してもいいんじゃない？　自分の人生、それぐらい自由に考えてもいいと思います。それに、ある程度の年になると、誰と付き合ってもだいたい変わんねぇな！　って気がしてくるんですよ。年とって性欲が減退したせいもあるかもしれませんが。所詮はみんな、人間なんだし。

とはいってもね、僕自身は、結婚、家庭、子供……という枠組みの外側を、意図的に選択したつもりはまったくないんです。いつのまにか、自分が現代にフィットしていない状況になっていることを実感しています。**誰にも拾われずにプールにぷかぷか浮いているような感**

じです。
どうしてこうなっちゃったんだろうなあと最近よく考えます。

この映画でお悩み解消

『**殺人幻想曲**』 監督：プレストン・スタージェス　出演：レックス・ハリソン、リンダ・ダーネル、バーバラ・ローレンス／1948年／アメリカ　●妻が浮気していると義弟からそそのかされた指揮者のアルフレッドは、次第に疑惑を深め、協奏曲の指揮中に音楽にあわせて犯罪の妄想に耽る。そしてついに、殺人を実行しようとするのだが……。疑心暗鬼に陥った男の顛末をコミカルに描く、スクリュー・ボール・コメディの傑作。浮気疑惑は殺人事件に発展するかもしれないから気をつけて。

死にたいけど

すべてが退屈で、あほくさくて、面倒で……ひどく辛いこともあり、この歳まで生きたし、そろそろいいかなぁ、これ以上は無理、と思いますが、自死を思うとき、ギリギリでためらいが出てしまいます。中原さんはそういうことはありませんか？

（会社員・39歳・女）

死にたい死にたいっていつも言ってるように思われてるんですよ、僕は。そんなこと言ってねぇよ！　死にたいなんて考えたことないです。**そもそも痛いのはいやだ。**自死が怖いとかいうより、考えの中にまったくない。

死ぬってどういうことなのか、その後どうなるのか、死んで何かが解決するかどうかもわからないのに、よく死のうとか思うなぁ。幽霊になって仕返しが出来るならまだわかるけど。

僕が思っている死は、意識だけあるんだけど目は見えないし、耳も聞こえないし、ただ真っ暗ななかにぽつんと置かれる、それがずっと続くようなイメージがあって、それはいやだ。「自殺したら次に生まれ変わったときにも同じ問題にぶち当たる」って言う人いますよね。その話をどこかで信じてるのかもしれない。自殺するくらいなら最初っから存在してなかったほうが良いと思ってしまいます。

『ヒア アフター』 監督：クリント・イーストウッド　出演：マット・デイモン、セシル・ドゥ・フランス／2010年／アメリカ ●旅先で津波にのまれ生死を彷徨ったパリのジャーナリスト・マリー。サンフランシスコの霊能者で、今は能力を封印しているジョージ。死んだ双子の兄と話したい一心で霊能者を尋ね歩くロンドンのマーカス。別の場所で生きていた3人は「死」を介して出会うことになる。「『ヒアアフター』を見ていると、意識がはっきりしていると思っている現実が心配になってくるし、感覚に対する不信感がわく。死後の世界があるのかないのか、あんなにボンヤリしたものなのなら、自殺したくない」と中原氏。

生も死もお金次第ということに絶望

長生きしたくない、できれば、自分のタイミングで、早々に人生の店仕舞いをしたいと考えています。自殺幇助が合法の国もあるようですが、かなりお金がかかるみたいなので、恐らく自分には無理です。この世の中、お金がないと、楽に生きることも死ぬことも出来ない、ということに絶望しています。この絶望感から逃れる術はありますか？（編集者・32歳・女）

人生の店仕舞いかあ……。この人は何を売ってるんだろう。**僕は自分が幽霊だと思い込んで生きてる**から、特に死にたいと思ったことはないです。そもそもこの現実にあんまり参加してる気がしない。そんな奴に税金とか家賃とか払わせせんじゃねぇ！　って思います。

絶望感かあ。単に死にたいってことなら練炭とか買ってくればいいんじゃないかなぁ。人に迷惑かけるからダメか、あれは。自由に死ぬこともできない。すべては管理されている。でもそれが世の中ってもんじゃないですか？　そんな世の中の役には立たないこと、無駄なことだけしかしなければいい。できるかぎり寝て過ごすとかね。あなたも幽霊のように生きるしかないんじゃないですか。ほっといても最期は来ますから。

『鬼火』監督：ルイ・マル　出演：モーリス・ロネ、ベルナール・ノエル、ジャンヌ・モロー／1963年／フランス　●アルコール依存症で死にとりつかれた男の二日間の彷徨を描く。何人かの旧友を訪ねた男は、安定した家庭生活を送る友の凡庸さを嫌悪し、麻薬に溺れる友の退廃に絶望し、優しくもてなしてくれる友にも孤独感を募らせる。翌朝、読みかけの本の最後の頁を読み終えると、彼は静かにピストルの引金をひく。相談者が観たら、虚無の深みにますます魅せられてしまいそう……。

占いに依存しすぎて自分を見失っています

占い依存症です。占星術、四柱推命、タロット、夢、ほくろ、手相……なんでもＯＫ。朝起きたら、毎日更新される占いサイトを七つチェックするのが日課で、週間、月間、年間、生涯……で言ったら、いったいいくつの占いを読んでいるのか分かりません。常にたくさんの占いの言葉が私の日々の中でうごめき錯綜し、自分の人生がどこにあるのか分からなくなってしまいました。

（福祉関係・20代・女）

占い、僕もめちゃくちゃ見ますよ！　特に恋してるとき！　他人からは「馬鹿じゃないの」とよく言われるんですけど。信じるか信じないかじゃなくて、生きてることの答えって結局どこにもないから、**答えがあるかのように思い込みたいんです。**

僕はあらゆる物事について考えて書かなきゃいけない、一種の病のようなものを生業としています。何かを言葉によって定義づけたり、現状をなるべく客観視して言葉にしたり、ってことをやりたくもないのにやっている。だから、人々が占いに救いの言葉を求める気持ちはわかるんです。このカオスな世界で生きるために、ある種の答えを参照するのはそんなに悪いことじゃないと思います。ジョナサン・ケイナーの占いなんて、何を言ってるのかまったく理解できないのに、毎日つい確かめてしまう。

飲み屋でタロット占いをしている友達にも、よく占ってもらいます。そういうときは、言われたことを鵜呑みにするというより、自分がすでに知っている事実と無理やり結び付けて、自分のほうに引き寄せて解釈する。当たってるかどうかは、どうでもいい。僕の人生には不可解なことが多くて、嘘でもいいから、何らかの解釈がないと落ち着かないんです。

この映画でお悩み解消

『スペル』 監督：サム・ライミ　出演：アリソン・ローマン、ジャスティン・ロング／2009年／アメリカ　●銀行の窓口で融資を担当するクリスティンは、支払い延期を懇願する老婆に訳あって無慈悲な対応をしてしまう。逆恨みされた彼女は不気味な呪文（スペル）を浴びせられ、次々と怪現象に襲われる。霊媒師に相談すると、最後には本当の地獄へ引きずり込まれると知らされて……。霊媒師≒占い師だが、不穏なことを言われたらとりあえず駅のホームの端っこは歩かないようにして！

とにかく
たくさん
本を読む！

自分の感覚に自信が持てません

絵や写真、文章、映画の良し悪しについて、自分の感覚に自信が持てません。編集者という職業柄、毎日毎日そういう判断を下していて、ときどき不安になってきます。なにか基準になるようなものはないのでしょうか。この不安をスッキリ解消する方法はありますか？（編集者・31歳・男）

ただ好きかどうかでしょ。根拠もないのに会社員として売るための理由を付けなきゃいけないんだとしても、**潔く「好きだから」**でいいんですよ。基準？ ルールブックが欲しいんですか？ 基準なんかあったらつまらないでしょ。基準という一つの権威があって、それに従って判断するなんて馬鹿らしい。いろんな人のスキルがあって、権威がいて、時代とか環境とか、そういうことを都合良くミックスするのが編集者じゃないんですか？ それで、あれもあるし、これもあるよ、どうですか？ と提示するのが編集者でしょう。「これとあれが好きって矛

盾しない?」とか言われても、編集者だからいいんですよ。それを受け取るほうはまた自己流の判断で自分の好きなものができていくんだから。

とにかく読者を攪乱するような本をバンバン作って、ありとあらゆるいろいろな本をもっと買わせましょう!

『マトリックス』 監督:アンディ&ラリー・ウォシャウスキー　出演:キアヌ・リーヴス、ローレンス・フィッシュバーン/1999年/アメリカ ●大手ソフトウェア会社のプログラマーと天才ハッカーという二つの顔を持つ男が、あるとき謎のメッセージを受け取り、この世界はコンピュータに支配された仮想現実なのだと知らされる。現実世界を取り戻すため死闘を繰り広げるキアヌ・リーヴスの姿を斬新な映像で映し出した大ヒット作。自分の感覚とは何かをあらためて問うてみよう!

時間と創作について

時間と良いものを作ることに関係はありますか？　例えば、同じ力量の書き手で、一方は子育てや家事に追われており、一方は自由気ままな独り身で、同じ締め切りに向かって小説を書いたとき、良いものが出来る可能性があるのはやはり後者ですか？　前者に可能性はありますか？（自営業・36歳・男）

時間をかけようと思えばいくらでもこねくり回せますけど、それが必ず良いものになるとは限りません。常に問われてるのは、その時々の判断力ですよ。そういうのを才能って言っちゃうのかも知れないし。音楽でもなんでも、凝りまくって展開をいろいろ加えても、その細かい配慮が小賢しいという結果になることだってあるわけです。

小説を書くことでいえば、時間をかけて取材をしたらリアリティが出せると思うし、僕は時間をかけて取材をしないから薄っぺらい物しか書けないんだけど、薄っぺらいもののほうが面白いこともある。薄っぺらいものを書こうという意志で僕は書いていますけど、たまにそういうのにも飽きて、時間をかけてヘヴィ級のものを書きたいと思ったりもして、でもやっぱり向いてねぇな、と思ってやめる。というか、**時間をかけて軽く作りたい**という欲望がある。

そもそも良いものを書く人は、時間をかけるかかけないかに囚われてないでしょう。そんなことは考えず、突っ走ることなんじゃないですかね。時間なんてただの言い訳ですよ！

『**6才のボクが、大人になるまで。**』監督：リチャード・リンクレイター　出演：パトリシア・アークエット、エラー・コルトレーン／2014年／アメリカ　●父母の離婚後、6歳のメイソンは母親に引きとられ、新しい街で多感な思春期を過ごす。父親との再会、母の再婚、義父の暴力、初恋や失恋、将来の夢……。6歳の少年は12年の時を経て大人へ、家族の形もまた変化していく。その様子を実際に12年の歳月をかけ描写。時間そのものもテーマとし、時間をかけてつくられた傑作の一例。

中原さんのように、小説家になりたい

中原さんはどうして小説を書いているんですか？　中原さんのような小説家になるために、必ずしておけ！　ということはありますか？　私は、できれば面倒なサラリーマン生活とおさらばして、小説家として腕一本で食べて行きたいのです。

（不動産仲介業・33歳・男）

自分がなんのために小説や音楽をつくってるかなんて、あとから考えること。しかもわかんない。わかったときが死ぬときでしょうね。

だいたい僕は腕一本で食べてないし、大した成功もしてないですから答えようがありません。大学にも行ってないし、正直ここまで長く小説を書くことになるとは思ってなかったし、サラリーマンとかできないからこんなことしてるんですよ。

こんなことならもっと真面目に本を読んでおけば良かったなぁとは思います。若い頃はすぐ気が散っちゃって読めなかったから、今になってこれは読んでおかなきゃまずいぞ、という強迫観念で読んでるんです。「こんなのも読んでないのに小説なんか書いてて本当に恥ずかしい」と思いながらね。でも真面目に文学の勉強してたら、むしろ書けなかったと思う。

自分のことは棚に上げて言いますけど、とにかくたくさん本を読むことですね。今はもう古い文学とか、必要とされていない、基礎教養みたいなものは要らない世界かもしれませんが、僕はそれがなかったことが今すごく恥ずかしいです。

この人はなんで小説家になりたいんでしょうね。小説家なんて、自分のことが大好きな人がなればいいと思いますよ。**自分しか自分に語りかける人がいない人がやる仕事**だと思う。僕はほんとうは何も語りたくないし、沈黙したままのんきに暮らしたい。

『片腕ドラゴン』監督：ジミー・ウォング　出演：ジミー・ウォング、タン・シン、ティエン・イェー／1972年／香港

●敵との死闘で片腕を失った男が、残された腕を秘薬により鋼のように鍛え上げ、復讐に挑む。飽くなき荒唐無稽でブームを巻き起こしたカンフー・アクション。腕一本で生きるのは大変だということがフィジカルに理解できる作品。

この映画でお悩み解消

そもそも自分と他人の垣根ってなんだろう?
——あとがきにかえて

幼い頃から小さな問題で人一倍クヨクヨ悩み、この年齢になっても大きく構えるそぶりを見せず、なんとか弱弱しくも、のらりくらりと生きてきた。そして加齢による感受性の鈍化が、悩みから徐々に自分を解放させてくれ始めている。ただ単に悩む体力がなくなってきただけで、家賃を無理せずに払うだのの現実的な問題はいっこうに解決されないのは残念だ。

とはいえ、ご存知のように、世界は、生き馬の目を抜く『マッドマックス』のような厳しい弱肉強食の荒廃した裕福層が貧者に負担ばかりを押し付ける、さらなる絶望に向かって加速するばかり。

これからの世の中、悩まないためなら、人間は画一化の波にただ身を任せ、感受性を鈍化させればいい。だが、悩んだ経験のない奴が、人間的な優しさなんて持ち得ないし、人から施しをうけても何の感謝の念も感じないだろう。

まあ、これからの日本で、人間的な優しさなんてぜんぜん必要とされないのかもしれない。ぬけぬけと「絆」とかいっておいて、最終的には「自己責任」と見放す、非情で軽薄な国民性。そう開き直った奴らが、勝手にこれが日本人のあるべき姿と見なし、声さえデカければいいととふんぞり返る。吐き気がする。滅べばいい。

人間が他人を思いやる気持ち……それは人間が人間たる所以の想像力を持つことに他ならないと思う。想像力を放棄すれば、自ずと人間は私利私欲に走る。都合良く、他人を人間だと考えずに、奪えるもの全部を奪い尽くそうとする。たった一人の人間が強欲の果てに、世界の通貨を根こそぎ手にすれば、世界から貨幣という制度が根絶され、人々の大半は、生きる苦しみの枷から解放されるのかもしれないのだが。

そもそも自分と他人の垣根ってなんだろうと、僕はいつも考える。

自分の目に映る他者。自分の許容範囲内での、他者の思考。

完璧に理解できないだけであって、それは自分の世界の一部であるのは間違いない。

たまたま今現在の自分と相手の立場が違うだけで、いつ同じ問題に自分が直面しないと、いったい誰が断言できるのだろう。

そのときのためにも、私たちは生きる上でのあらゆる困難さについて、考える準備をしていなければならないし、常に他者の気持ちを慮らねば、世界平和の前に立ちはだかる困難さに、立ち向かうことはできないだろう。

この人生相談によって、僕の人類の存続をかけた闘いの火蓋が切られた、ようなものだ。

2015年5月　中原昌也

中原昌也の人生相談
悩んでるうちが花なのよ党宣言

2015年7月14日　初版第一刷発行

著者　中原昌也

イラスト　conix
装丁　宮川隆

発行人　孫家邦
発行所　株式会社リトルモア
〒151-0051　東京都渋谷区千駄ヶ谷3-56-6
電話：03(3401)1042
ファックス：03(3401)1052
http://www.littlemore.co.jp/

印刷・製本所　中央精版印刷株式会社

ISBN978-4-89815-412-0